A língua submersa

Manoel Herzog

A língua submersa

ALFAGUARA

Grafia atualizada segundo o Acordo Ortográfico da Língua Portuguesa de 1990, que entrou em vigor no Brasil em 2009.

Capa e ilustração
Claudia Espínola de Carvalho

Preparação
Julia Passos

Revisão
Ana Maria Barbosa
Marise Leal

Os personagens e as situações desta obra são reais apenas no universo da ficção; não se referem a pessoas e fatos concretos, e não emitem opinião sobre eles.

Dados Internacionais de Catalogação na Publicação (CIP)
(Câmara Brasileira do Livro, SP, Brasil)

Herzog, Manoel
A língua submersa / Manoel Herzog. — 1ª ed. —
Rio de Janeiro : Alfaguara, 2023.

ISBN 978-85-5652-170-5

1. Ficção brasileira I. Título.

23-147015 CDD-B869.3

Índice para catálogo sistemático:
1. Ficção : Literatura brasileira B869.3

Aline Graziele Benitez – Bibliotecária – CRB-1/3129

EDITORA SCHWARCZ S.A.
Praça Floriano, 19, sala 3001 — Cinelândia
20031-050 — Rio de Janeiro — RJ
Telefone: (21) 3993-7510
www.companhiadasletras.com.br
www.blogdacompanhia.com.br
facebook.com/editora.alfaguara
instagram.com/editora_alfaguara
twitter.com/alfaguara_br

Para Sara e Luiz

"... flor do Lácio, sambódromo, lusamérica,
latim em pó, o que quer, o que pode esta Língua?... "
"... o filho perguntou pro pai, onde é que está o meu avô,
o meu avô, onde é que está, o pai perguntou pro avô,
onde é que está meu bisavô, meu bisavô, onde é que está?... "
"... sábios em vão tentarão decifrar o eco de antigas
palavras, fragmentos de cartas, poemas, mentiras,
retratos, vestígios de estranha civilização... "

Trindade de menestréis do país submerso,
cultores da Língua, entre fins do
século passado e início do atual

PARTE I
Colaboradores

1

Hoje é Almirante quem está no timão da balsa, o patrão não quis vir. A equipe sai com seis homens e três mulheres. Galego e Maifrém no escafandro, Roque, Didi e Fray recolhendo e classificando entulho, e mais ele guiando a embarcação; Renata nas anotações e planilhas, Geiza e Leididai na cozinha. Roque e Didi jogam na água uma linhada com isca artificial tipo colher. A velocidade da balsa faz que a colher gire feito um motor de hélices, chacoalhando as garateias prateadas embaixo d'água. O dourado, que não pode ver peixinho prata mexendo, segue e, a dado momento, abocanha aquela enguia cheia de penduricalhos. A vara de Didi embodoca, se ele não dá linha quebrava. Um peixe grande vem dali, ele solta um pouco a fricção do molinete e deixa o bicho correr no contrafluxo, levar a isca embora por um tempo. Quando sente que a presa cansou, porque o molinete vai apertado e a linha começa a correr menos, Didi trava. É o momento em que vê o rival se arrojar num pulo fantástico pra fora d'água, a cabeça quadrada de um peixe amarelo e azul serpenteia um metro acima da flor. Lutam por mais de hora, o peixe acaba vencido e vem vindo dócil, dissimulado, boiando como quem vai dar o último bote. Perto da balsa a fisga de um bicheiro operado por Almirante o fura transversal; içam o dourado. De rabo a boca tem a altura de um homem, e é dada a seu captor a glória de rematar a presa.

"Finaliza ele, Didi."

O noia joga o corpo sobre o peixe irrequieto, que bate no convés da balsa um samba triste. Quando o peso do homem faz cessar o baticum, ele enfia as mãos entre as guelras e esmigalha o que encontra lá dentro. Pinga sangue. O dourado vai parando gradativo seu estabanar, até que morre. Didi levanta extenuado, expressão de orgasmo. Limpam a barrigada, o fígado e outras vísceras são cozinhados pelas mulheres, da cabeça faz-se um pirão, rancho pra tropa, as postas vão seccionar e vender no paralelo, trocar por pedra e bênçãos. A equipe está eufórica, tudo levaria a uma tertúlia não fosse verificarem, ao passar pela régua, que as águas subiram, desde a última expedição, preocupantes cinco centímetros. Multiplicar essa altura pela superfície do globo significa muito gelo derretido.

2

As postas de dourado rendem um punhado de bênçãos pros pescadores. Dona Dulce, mulher do patrão, compra boa parte, outros irmãos da Bola de Fogo dão jeito de adquirir sua posta. Os noias são autorizados a pescar em mar aberto, mas jamais com rede, só linha e anzol, pesca artesanal. Caça é de todo proibida, embora um ou outro se arrisque na clandestinidade, pois sempre há um mercado paralelo entre os irmãos da Eclésia saudosos desses paladares carnívoros. Com o dinheiro arrecadado organizam uma farra, bebida e pedra, fazendo a devida presença aos companheiros. Almirante, que não fuma pedra, está na bagunça e presencia a loucura da turma que começa a poetizar:

"Caralho, malandro, eu já tive muita grana. Igual agora, que posso fumar o tanto de pedra que eu quiser. Enquanto eu tiver, camarada meu não fica em aperto, libero mesmo."

"Eu também, eu também. Podem fumar quanto quiserem, hoje não tem miséria."

Roque faz coro a Didi, bravateiam, novos-ricos, empoderados. A pedra os faz despertencerem daquela hipocrisia que o mundo é, vivem numa confraria, superiores aos crentes e suas vidas escravizadas. Bradam contra a nova sociedade, juram que vão destruir os crentes de merda, como em outro tempo se quereria destruir os burgueses de merda. Didi ataca um ipê florido por pura troça, ri de escárnio enquanto desgalha. Roque descrê, a princípio, mas logo toma parte no brinquedo, em pouco tempo os dois acabam com a árvore.

"Que se fodam os crentes e as plantas deles."

Almirante observa, calado. Quando os demais vão embora, fartos, chama Roque e Didi. Pergunta se ainda têm dinheiro e se pagariam pra destruir vários ipês como aquele. Concordam, eufóricos, acertam preço, tudo o que resta do lucro da pescaria, ele os leva à rua do patrão, Aguinaldo, vazia àquelas desoras, e mostra as arvorezinhas recém-plantadas. Não está uma noite fria, mas Almirante mantém um capuz. Vigia para que os companheiros possam quebrar tudo sem serem pegos, e eles o fazem entre risadas de vingança, não julgam destruir um bem coletivo, destroem aquilo que jamais lhes pertencerá, tolhidos que são dos benefícios da sociedade excludente. É como pichar casas bonitas onde jamais se poderá morar, ou como riscar um trem que não é de todos.

3

A pirâmide social do mundo pós-Inundação se divide em: *a*) um ínfimo topo de religiosos/governantes; *b*) a casta de funcionários eclesiásticos; *c*) empreendedores, na faixa mediana; *d*) prestadores de serviço, na base; *e*) abaixo da base, os noias.

Aguinaldo não enxerga diferença com pirâmides de outras eras, feito aquela em que ele próprio existiu moço, quando as classes eram divididas em: *a*) banqueiros; *b*) juízes e políticos; *c*) empresários; *d*) trabalhadores assalariados; seguidos de *e*) indigentes. Ou de outra pirâmide, mais antiga ainda, que se dividia entre: *a*) reis; *b*) nobres; *c*) burgueses; *d*) artesãos; *e*) escravizados. A redonda Terra girava, mas a sociedade parecia não sair da mesma configuração, feito numa catraca. Agora com menos terra, que as águas tinham subido e a população diminuído, mas, de resto, tudo igual.

Na improvável manhã ele vê arrancadas da calçada de sua rua as mudas de ipê-amarelo. Estavam vicejantes, teria que responder por isso à Eclésia. Os psicos, durante a noite, fizeram aquela barbaridade. Conservam o instinto de destruição, machucam a Pachamama mesmo que não seja para se alimentar, os incivilizados, os gentios, os que não aceitam Jesus. Ele se toma de ódio, sem misericórdia, esse calor insuportável e os desgraçados arrancando árvore. Se ao menos fosse pra madeira. Também, aquelas iam demorar décadas pra encorpar, essas madeiras de lei levam anos. Sabe-se que não vai dar tempo.

O comércio oficial, esse que Aguinaldo representa com seu

ferro-velho, prefere trabalhar com restos metálicos e plásticos; quando os noias trazem algum pedaço de madeira ele desvia pro Old Fashion, a butique de tranqueiras onde fatura com a venda, a bom preço, dos cacarecos que compra dos indigentes a preço ínfimo. A culpa pelo lucro exorbitante e pela sonegação a benemerência apazigua, sai de noite com uns congregados distribuindo sopa aos mesmos elementos que de dia lhe vendem o produto da coleta. A polícia vive a dar batidas, exigir propinas, os certificados de tempo de corte nem sempre são confiáveis, a máquina de carbono-14 é calibrada pela conveniência do eclesial da vez. Trabalhar com madeira reciclada hoje equivale a, no tempo pré-Inundação, vender peças de carro usadas, tudo leva à suspeita de envolvimento com o crime. Madeira é o material mais nobre, proibido que está o corte de qualquer espécie nativa. Eclésia, no afã de salvar o que resta de planeta e seguindo as ordens da China, planta árvore em tudo que é canto. Interditado o gado bovino, antigas áreas de plantio de soja e cana-de-açúcar, não havendo rebanho ou frota de carro que alimentar, foram destinadas ao reflorestamento. Um pedaço de mogno alcança cifras absurdas e pode render uma pendurada pra sangrar se não se provar adquirido dentro dos padrões de legalidade. Papel, a mesma coisa. Pra além da utilidade de se o ler, ter hoje um livro equivale ao privilégio daqueles esnobes que, há cem anos, possuíam um incunábulo ou um papiro egípcio.

4

O processo de evangelização salvou muitas almas. O povo sobrevivente, dentro de uma práxis nacional daqueles tempos, de *levar vantagem em tudo*, aderiu, converteu-se, aceitou aquele Jesus repaginado. Quem escapou mas não quis capitular às novas condições foi pra margem catar entulho. Artista tinha a opção de emigrar pra China se não quisesse trabalhar ali com ritmos gospel, literaturas edificantes, quadros decorativos ou encenações bíblicas; também podia viver pelas esquinas equilibrando malabares e pedindo trocados. Pros lados de China e Mongólia vêm sendo acolhidos músicos, bem deu-se Aguinaldo Júnior, que foi deportado. Lá ele toca uma mescla de samba com blues, ou jazz com milonga, choro com cúmbia, algo assim, foi recebido como seria um músico sul-americano há cinquenta, cem anos, na Europa ou nos Estados Unidos, o viço da selva preservado em qualquer dose de civilização.

O país é próspero, essa parceria com a China deu resultado, passou a centro do mundo civilizado no Ocidente, uma Constantinopla invertida, a considerar que os Estados Unidos são hoje um fazendão que sofre o preconceito e o esculacho da América Latina. No entanto, muito da cultura do pré-águas ficou impregnada na alma de Bolivana-Zumbi: o pendor pelos bens materiais, a teologia da prosperidade, o desejo de elevação social através da acumulação. O país, por séculos servo dos mais variados impérios, agora ocupa a confortável posição de *principal parceiro*. Segue submisso, ninguém apaga um código da alma coletivo, mas essa submissão rende, pela primeira vez na História, dividendos. A China precisa do parceiro pela simpatia de que este desfruta no mundo ocidental, um gigante dócil, inofensivo.

Com o fim da luta contra a Natureza, bem perdida pelo Homem, impôs-se estancar a exploração predatória. Petróleo, celulose, minério são commodities proscritas, não se pode mais retirar, apenas reciclar o depósito imenso, o ferro-velho que o mundo virou. Coleta de escafandro é das poucas alternativas possíveis. Essa exploração ecológica garante a subsistência dos remanescentes por algumas décadas, o que se precisa é fazer os vegetais acumuladores de carbono crescerem o mais rápido possível a fim de frear o aquecimento. Manter a fauna é consequência lógica, de forma que possam os bichos, com sua cagada fecunda, disseminar sementes e fazer despontar vegetação, a ver se nos salvam. Mas as águas seguem subindo.

O nome da nova moeda parece ter colaborado para a ascensão da economia local. De fato, os antigos *Cruzeiro*, que lembrava a cruz de sofrimento, ou *Real*, remetendo a uma realeza falida que nunca respeitou a plebe, ou *Peso*, um fardo sobre o ombro das populações, foram moedas injustas, substantivos monetários do sofrimento de um povo. Aceitando Jesus de uma forma doce, pelo que de bom Ele podia proporcionar no mundo da prosperidade, Bolivana-Zumbi cunhou a *Bênção*, e a economia floresceu como nunca, apesar da escassez de recursos naturais. Escassez não é bem o termo, que ainda os há, recursos, apesar da catástrofe imposta pelos exploradores do passado. Não é falta, senão o saber uma poupança acumulada, um lençol aquífero imenso, minas, árvores, e nada disso se poder tocar por questões de sobrevivência. Eclésia é rigorosa com infratores, larga na mão dos Strange-Fruiters, que penduram e sangram sem dó. A semente ruim deve ser lançada ao fogo. Os que destruíram as mudas, se pegos, pagariam com a vida.

5

A Língua pertence a todos, poderosos são os que a usam a seu favor, os que detêm o privilégio de contar a História. Quando a China redesenhou o mapa dos Estados sul-americanos foi instituída a Grande Nação Socialista da América Latina — junção de várias províncias hoje federadas pela Fé. Bolivana-Zumbi corresponde aos antigos Sudeste e Centro-Oeste do país morto, acrescidos de Amazônia Meridional, Bolívia e Norte da Argentina. A história do meteoro que se conta nas escolas é convincente, mas Aguinaldo sabe que foi a China quem dinamitou Antártida e Groenlândia, causando o desprendimento dos grandes blocos, não houve meteoro. Vem do tempo do pré-águas, viu tudo, a Inundação foi estratégia militar. Quinze mil mísseis nucleares no mundo, a China detendo parte considerável desse arsenal junto à Coreia e outros aliados, a Rússia que não se furtou a colaborar, e as esquerdas subjugadas da América Latina, e os povos dominados do Leste Europeu, e as periferias da Ásia, foram muitos que enxergaram a possibilidade de fugir do jugo do liberalismo. Montanhosa, geograficamente preparada para a Inundação, a China botou exércitos para marchar sobre os leitos dos rios e invadiu um mundo ocidental atônito, passando a fio de espada populações inteiras. Houve resistência, mas inútil, uma crise moral minava o Ocidente, sucumbido muito antes, o sistema ruía de dentro, seus líderes eram um escárnio, um desrespeito a seus povos, boicotavam o planeta, sabia-se que se os chineses não viessem salvar todos morreriam na lira de um novo Nero. O mundo quente, o gelo derretendo, o protocolo de Kyoto uma piada, limparam o rabo com ele, assim como com as constituições dos países periféricos. Transformar um ataque nuclear em providencial intervenção meteórica dos deuses a favor da humanidade foi a metáfora do poder constituído na qual o mundo precisou acreditar.

6

"Fosse a superfície da Terra lisa feito uma bola de bilhar estaríamos embaixo de dois quilômetros de água. São as montanhas e as cavidades da crosta terrestre que abrigam essa água toda, e ainda assim estão cobertos dois terços do planeta. Se as calotas polares derretessem acabaria a área habitável da Terra."

A professora de geografia da infância repetia esse discurso, que ele achava fantasioso. Não imaginava um dia vivenciar a hecatombe, seu mundo derretendo, afundando. Tanto melhor acabasse logo, talvez se visse livre de noias, psicos e, que bênção, de cidadãos de bem. Aguinaldo não contrata psicos. Feito a maioria dos empreendedores, prefere alijá-los do mercado de trabalho. Os noias são maleáveis, dando-lhes moradia, comida e droga tendem a não causar problema. O cidadão de bem, contudo, esse que ele vê representado em Antônio Naves, o provincial, é o que há de pior na sobra de humanidade.

Da equipe da balsa de Aguinaldo, Almirante é o líder. Conhece-o dos tempos pré-águas, um noia que tinha tudo pra ser empreendedor, pastor ou funcionário de Eclésia em qualquer repartição, mas que renega a sociedade com o desprezo digno de um rei, ou de um santo. É homem da confiança, o elo entre o dono do ferro-velho e a subumanidade que trabalha pra ele. Conviveu com o pai de Aguinaldo, na praça, isso lá no pré-águas, mas não fala nisso. Sobrevivente da Inundação, era já indigente àquela época. Sua idade é inestimável, há quem o julgue imortal. Não se imagina por que Eclésia o poupou, mas esses mistérios não são da alçada dos sobreviventes. Na contramão da sociedade que renega, ele trafica carnes de caça, corta madeira, depreda, ajuda na criação clandestina do bezerro. Não o faz por dinheiro, coisa da qual nem gosta. Faz por um desígnio maior.

Fray é o conselheiro, um boliviano dado a visões e epifanias; Galego, um velho desconsolado que, como Almirante, só bebe, não fuma pedra. Diz-se que caiu nas ruas por conta de uma desilusão amorosa, e que nem a notícia de um filho posterior ao abandono fez trazê-lo de volta; Maifrém e Geiza, marido e mulher, gostam de viver entre os sem destino, como a desmentir a falácia de que a família é alguma cellula mater; Didi, vagabundo clássico, foi poupado na Inundação e seguiu levando a mesma vida; Roque, idem; Leididai teve uma vida de glória nos palcos, e foi decaindo também por conta de uma desilusão até vir parar ali; e Renata, a favorita de Aguinaldo — todos uma história parecida, na rua viram mais sentido pra existência. Como dizia a esposa de um eclesial de peso, senhora benemérita responsável pela ação social, "as ruas têm muitos atrativos". Com essa trupe Aguinaldo sai a lançar redes no mar.

A balsa navega. Mariscam nos escombros, já varreram toda a área das antigas indústrias, a faixa do porto e Alemoa; de resíduo rentável, tanques, fios, válvulas, metais, resta pouco a tirar, acumulado nos depósitos de Eclésia há o suficiente pra garantir a manutenção dos sobreviventes por algumas décadas. No momento conduz-se atrás de madeira. Aguinaldo gosta quando traz à superfície alguma árvore morta, pés de cuca da orla são seus preferidos, a madeira é dura, quase de lei. Consegue se localizar graças às estranhas ilhas de concreto que despontam no oceano, topos de antigos prédios à beira-mar com mais de noventa metros de altura, havia alguns em Santos no momento da Inundação, a especulação imobiliária gerara tais monstrengos. Não se imaginava que um dia viessem a ser úteis como boias sinalizadoras. Aguinaldo gostava mesmo é de poder cortar aquele cedro escondido na mata. Lançam-se as redes, nada que preste. Quando estão quase desistindo, Almirante manda lançar de novo e vem cheia de entulho. Homens sem fé, em vez de serem pescadores de entulho deviam estar é resgatando almas pra Eclésia.

Dois da tripulação estão manietados num cubículo da balsa. Chegou, via rádio, ordem de terra para os prender, destruíram as jovens árvores da rua de Aguinaldo. Os noias não têm obrigação de preservar nada, podem sujar o mundo e jogar lixo durante suas farras, depois se limpa. Não se pode admitir é destruição de vida natural, que disso Eclésia cuida. Foram reconhecidos através de câmeras, mas o terceiro elemento ainda não, pois usava capuz. A mensagem que chegou foi clara, deviam ser entregues ao retorno da expedição.

Morar no Condomínio Nova Cintra é sinal de ascensão social. Mesmo nos tempos do pré-águas, quem lograva conseguir uma casa no que era o antigo morro homônimo dava mostras de poderio. Os pobres moravam nas encostas, o topo do morro abrigava os ricos da cidade submersa. Convertido em ilha, pois que tinha altitude de cento e dezoito metros e as águas haviam subido noventa, Nova Cintra hoje abriga não mais que três famílias. Estão perto da ilhota, a ordem é que atraquem ali. A lancha com o provincial, o promotor e quatro Strange-Fruiters uniformizados vem de lá e encosta na balsa. Tomam os prisioneiros e os levam. Aguinaldo os acompanha.

7

Das três casas do condomínio Ilha de Nova Cintra, uma abriga o provincial Antônio Naves; outra, Jefferson Tsé Assunção, promotor e dono oculto de um bistrô. Demais diáconos e dirigentes eclesiais vivem nas ilhas de São Bento, Saboó, Monte Serrat, Santa Terezinha, pináculos que conseguiram sobressair na Inundação. As minúsculas ilhas artificiais que são as coberturas dos prédios inundados estão desabitadas, servem aos propósitos de Eclésia para fins de monitoração ambiental. Outra serventia das coberturas-ilhas é exploração. A balsa atraca ao lado delas e os escafrandristas só têm o trabalho de descer palmilhando as paredes do edifício submerso para, de cada apartamento, ir retirando o que se aproveite. Pela câmera se assiste à intimidade das famílias que morreram de supetão, casais vendo televisão na sala, as crianças jogando videogames, faxineiras limpando vidraças, homens tristes em seus escritórios revisando extratos bancários. A vida congelou embaixo do mar, como numa fotografia. Importa agora retirar o que se aproveite e ir limpando esses esqueletos de concreto de suas mortes.

Aguinaldo acompanha os dois eclesiais e vai em sua casa, a terceira de Nova Cintra, paramentar-se. Naves e Assunção o esperam depois na praia pro julgamento dos infratores. Os dois prisioneiros estão sentados no chão, vendados, ladeados por Strange-Fruiters. Estes vestem uma túnica branca e trazem a cabeça coberta, vestimenta que Aguinaldo é convidado a portar. Estão numa sessão fechada.

"De que crimen estan acusados los companheiros, Irmão Orador?"

Jefferson responde a Naves, solene:

"Venerável Mestre, los companheiros traíram los princípios de Eclésia, que consistem em se mantener em el planeta, y a salvo, toda la espécie de vida natural. Por puro prazer mórbido destruíram mudas de árboles sagradas, em prejuízo de la manutencion de la vida em la Tierra, colaborando com el aquecimiento global."

"Irmão Hospitaleiro, vos que andais por estes mares, que puede dizer sobre la subida de nível de las águas?"

Aguinaldo, impossibilitado de mentir pra ajudar seus colaboradores, entrega os pontos e manda a real:

"Venerável Mestre, desgraciadamente las águas não cessam de subir, a causa del aquecimiento."

"Y a que se deve el aquecimiento?"

"A la falta de árboles."

"Irmão Orador, hay prueva de que los companheiros são los responsables por la destruicion de las árboles?"

"Sim, Venerável Mestre. Las filmagens de las câmeras lo demonstram. Los dois são reconhecidos, e hay um terceiro encapuzado."

"Y que peña vos pedis para eles, Irmão Orador?"

"Que sejam pendurados em árboles, um de eles por los pés, outro por lo colo, y que sejam dessangrados hasta la muerte."

"Defiro. Irmão Sacrificador, cumpri el vostro mister."

Um Strange-Fruiter se levanta e caminha em direção a Roque e Didi.

8

São recebidos da mão de Aguinaldo. Didi, o primeiro, tem dores no pescoço, passou a noite em êxtase; foi-lhe permitido fumar bastante da marica, a última talagada. Ele morde os dentes de fissura e tem o pescoço rígido, enterrado nos ombros. Roque, seu companheiro de infortúnio, tem uma crise de pressão baixa, fumou demais e traz o estômago vazio, sabe o que o espera e tem medo. Tsé Assunção os denuncia e Naves sentencia num procedimento a jato, é necessário livrar o mundo dessas escórias. Antes, pra garantir defesa, é dado aos noias permissão para dizerem palavras últimas:

"Por qué fizeram todo isto? Por ordem de quien? Quien era el outro? Se arrependem, em nombre de Jesus?"

"Não. A gente queremos comer carne, a gente queremos cortar árvore. E não vamo denunciar um companheiro."

Didi é arrogante, fala na língua proibida, pra afrontar. Roque apenas chora.

"Isto no se puede. Estes direitos no são para todos. Que su carne sirva de pasto a los peixes. Por último, se quierem escapar de la muerte, puedem dizer el nombre del terceiro elemento, el que los levou a destruir las arbolitas."

Os dois se calam e não entregam o Almirante, cujo rosto não se vê no filme. Num outro filme, mental, exibido ante seus olhos de condenados, podem-se ver desde o nascimento até quando rindo histéricos à medida que cada graveto daquelas arvorezinhas é espedaçado, o prazer de destruir só por não ser dono. Não se defendem, apenas abaixam a cabeça e rogam uma clemência que não vem. Roque será enforcado pelo pescoço, à maneira tradicional, foi coautor. Pra Didi, ao que tudo indica o idealizador do crime, dessangramento de ponta-cabeça. Os dois são raquíticos, Didi ainda tem uma perna necrosada, mas nem por isso se faz menos necessária a presença de quatro Strange-Fruiters fortes, o homem à beira da morte é feito um rato acuado, o medo quintuplica sua força. Sem que se soltem as algemas a corda é passada em volta do pescoço de Roque, enquanto Didi é descalçado do pé esquerdo. Amarram, então, três voltas firmes num dos artelhos e o penduram de cabeça pra baixo no mesmo galho onde o companheiro vai pendurado em pé, cada qual suportado por um miliciano. A um sinal de Naves os dois verdugos abandonam os corpos dos condenados a seus próprios pesos. Roque sente os olhos esbugalharem, a dor no pescoço vai cedendo a um relaxamento contínuo, vértebras estalando docemente com qualquer alívio do sofrimento. Os dentes já não mordem mais a si mesmos, a calma sobrevém, a fissura passa e tudo vai caminhando feito mel. Nem a falta de ar é um incômodo, na verdade não respirar é uma bênção, um flerte com o paraíso, a língua cisma de se projetar pra fora da boca. Mais importa é a sensação de gozo, o falo a subir, enrijecido, a falta de ar no limiar da vida traz um prazer que ele nunca havia sentido antes, nem mesmo quando amava. Sente que vai, vibra-lhe o corpo todo, esgares, tremores, as pernas chutam, quando tudo se interrompe e ele expira.

Didi morre no contrafluxo. Depois que o carrasco o solta no espaço a gravidade faz o sangue descer à cabeça, o dedo amarrado lateja, parece que vai ser arrancado pelo peso do corpo, bom que fosse, assim caía no chão, quem sabe até se salvava. O dedo resiste, estala, mas não se rompe, o sangue segue descendo, mais se concentra no crânio a cada tentativa de respirar. É quando o sacrificador vem de faca em punho e faz uma incisão na jugular, e o tinto espirra longe, a princípio, depois o fluxo começa a minguar, tal e qual a respiração, tal e qual o exaurimento, e a vida vai indo embora devagar. No dia seguinte, quando retirados da árvore, os dois cadáveres ainda estão em franca ereção. Morreram sem denunciar o terceiro elemento.

PARTE II
Amores bandidos

1

Lázaro gostava, desde a escola fundamental, de meninos. Meninas eram pras brincadeiras, confidências, sentia igual a elas, mas era deles que queria estar próximo sem que ainda algum impulso dito sexual indicasse caminhos. Percebeu-lhe a orientação foi o pai, e tentou de toda maneira mudar o curso, inclusive com uso de violência, mas fez o mesmo efeito que uma palmatória num aluno rebelde, só reafirmou o que se queria mudar. Depois do pai, foram os amigos da escola, não raro aqueles que desejava, a baterem nele. Foi na primeira reciprocidade, aos doze, com Jefferson Assunção, colega de classe, que entregou-se à penetração do amor. Em 1981, com quinze anos, fez-se Leididai, adotando o nome da princesa que teve a sorte de nascer mulher e casar com o herdeiro do trono — e depois ainda lhe botou chifres.

Em 1982, com a morte de Dudu do Gonzaga, o mais famoso transformista de Santos, jurou que seria o novo pontífice transgênero, e não faltou quem a declarasse como tal nos anos que seguiram. Quando, em 1997, a princesa Diana morreu num acidente nas ruas movimentadas de Paris, o nome Leididai, na zona de Santos, era tão famoso quanto o dela. Silicone, tinturas capilares, de todo o aparato para semelhar externamente a mulher que era por dentro ela fez uso, à exceção de lentes de contato, que os olhos já os tinha verdes-bandida, e o rímel pra escurecer os cílios esbranquiçados fazia aquelas turmalinas saltarem. Os hormônios, tomados desde a puberdade, evitaram que a barba se pronunciasse, tinha de fato o rosto de uma princesa britânica numa altura masculina que, aliada ao corpo esguio, arrebanhava uma legião de clientes, a maioria senhores respeitáveis. Naquele tempo a cirurgia de redesignação sexual não era popular, nem as questões de gênero eram preponderantes na sociedade. De toda forma, Leididai jamais pensou em se livrar do falo, era-lhe útil profissionalmente — seus clientes não raro solicitavam uma inversão nos papéis, a princesa da zona muitas das vezes via-se obrigada, bem remunerada pra isso, a comutar-se em príncipe.

2

A decadência veio com a idade. Foi o mesmo Jefferson Assunção, amor de uma vida, quem a introduziu, mais tarde, à cocaína. Ela não concluiu o ensino médio, era inconciliável, teve que se prostituir pra ajudar financeiramente o namorado. Jefferson, assim que ingressou na faculdade de Direito, tornou-se estagiário do Ministério Público, logo passaria num concurso, agora era só se formar, a vida deles melhoraria. O contato diário com a casta judiciária ensinou-o a parecer o que ainda não era, já se portava como doutor. Popular, querido no meio, levava a cúpula forense no melhor da boemia santista onde, não raro, noitadas animadas a uísque e pó acabavam nos excessos em que os doutores da lei consideravam bem-vinda a presença de prostitutas ou mesmo de uma travesti. Foi numa esbórnia com dois vereadores de Cubatão, um promotor do meio ambiente e um dono de empreiteira que ofereceu a ela, pela primeira vez, uma carreira por inalar. Leididai operou bipolar aquela noite, excitada pela poeira que lhe anestesiava as vias respiratórias e a neca, nada a faria gozar, mantinha em riste o cetro real, que a câmara de lordes se acotovelava pra tocar, chupar, sentar em cima. Representantes do poder econômico local e da casa de leis, burgueses ascensionados que julgavam fazer jus a qualquer nobreza. O dono da empreiteira, quem financiava a bacanal, a tantas horas tomou o rumo de sua cidade, pra onde levou os vereadores e o promotor, aproveitadores da providencial carona. Jefferson, que morava em

Santos e ainda devia trabalhar no dia seguinte, disse que ficava mais um pouco. Havia-se mantido íntegro, era o capitão da barca, quem estava ali pra diversão eram os poderosos, ele só propiciava. Assistira a tudo, mas sua discrição era conhecida, não havia o que temer.

"Dorme aqui, baby."

A voz era empastada, mas ela estava acesa. Jefferson levou-a em casa e desembolsou um último estoque de pó branco, que esticou no prato. A ponta do cetro luzia um rubi, no qual Leididai espalhou a cocaína.

"Vem adormecer a língua, baby."

"Sua filha da puta, era o último teco."

"Chupa, você não vai perder."

No embalo, e sem querer dele saltar, Jefferson Assunção, que àquela época não havia adotado o patronímico Tsé, abocanhou, segurando as nádegas da princesa com sofreguidão enquanto sentia a língua enlanguescer, o cérebro fazer volutas e o coração disparar. Virou-se de costas e pediu.

"Me come."

Às cinco da manhã ele despertou com uma tristeza de abismo, que nada tinha a ver com o ocorrido, do qual só veio a lembrar momentos depois de apropriado da tristeza. Ao longe ouvia a voz fina, de falsete, da companheira de noitada:

"Lady, vai ficar linda com essa francesinha. Se bem que aquele esmalte coral também tem tudo a ver com você. As inimigas vão é morrer de inveja."

Leididai, da escrivaninha no canto do quarto, sentada de toalha no cabelo fazia as unhas. Jefferson compreendeu que a princesa falava de si pra si mesma, e achou aquilo mimoso, feminino. Que bom, pensou, que era uma mulher o que estava ali. Não saberia conviver com a ideia de ter dado o cu para um homem.

3

A vida de Jefferson hoje não pode ser objeto de reclamação. Tem posição, é membro eclesial, promotor, quase um juiz, engrenagem fundamental na máquina desse Estado fundamentalista. Pra ser sincero poderia admitir que não acredita na política estatizante, que é um liberal. Já vinha do pré-águas essa disposição de mostrar pra sociedade coisa que não era. Moralista e defensor da família tradicional, achava lícito explorar o trabalho alheio; defendia a liberdade dos indivíduos venderem sua alma; só não admitia era promiscuidade. Criou a liga dos promotores evangélicos desde aquele tempo, em afronta ao princípio do Estado laico. Ser conservador, no país que afundou, implicava querer manter a estrutura secular de exploração livre das pessoas a partir do cerceamento de suas liberdades, ou seja, ser um liberal. Lei da selva.

No tempo de escola, dos namoros nos vãos de escada, a sua predileção era por Lázaro. Pamela era bonita, Amanda era simpática, Gisele inteligente, mas Lázaro acumulava todas essas qualidades; pena que era viado, coisa que Jefferson não era, graças a Deus, afinal, só comia. Acha engraçado estarem os dois ainda no mundo, mesmo depois da Inundação. Ele, por ser cristão, pontual congregador, e a companheira por ser noia; vieram parar juntos aqui, onde só há cristãos e noias, por caminhos cruzados. Largaram-se há tanto tempo, logo que Jefferson formou-se e passou no tal concurso, não podiam segurar a relação, abandonou-a sem sequer reembolsar os estudos custeados. Ela sofreu, entregou-se ao álcool, à droga, à sarjeta. Agora o novo governo ofereceu pra ele esse cargo de promotor eclesial, devia operar junto com a doutora Edilene Liu San, née Edilene da Silva, que já conhecia de labores no pré-águas. Odiavam-se, ele a considerava uma estúpida, ela desprezava não apenas Jefferson, mas a própria figura de promotor de justiça. Por ela Eclésia reformularia o Judiciário abolindo aquela excrescência. Aturavam-se para ajudar a manter aquele mundo novo, ordens eclesiais.

Nas noites em que se permite uma tragada na marica, bate-lhe a nostalgia daqueles tempos. É quando Jefferson Tsé Assunção vai aos arredores da balsa atrás da Leididai. Vê-a desde uma fresta, sentada num pneu. Brecha para um ataque furtivo, o que o excita. Quando ela levanta e logo se agacha para apanhar algo do chão, ele salta e planta-lhe um sonoro tapa na bunda.

"Ui. Qué quieres, cariño? Assim me matas de susto."

"Usted sabe lo que quiero" — e logo trata de segurar um volume no púbis, a sugerir pra parceira mais do que pode oferecer.

"Trouxe piedra pra su negrita?"

Ele sorri e saca do bolso um pacote. Leididai fuma, Jefferson fuma também, naquele ermo se amam. Diz pra ela, chega a dizer, que a ama.

"Entonces por qué no me assumes?"

Assunção não é a especialidade de Jefferson, essa gente de setor público e alma liberal sente uma coisa e vive outra. Sem responder, ele só a beija na boca e a sodomiza com raiva, e é com raiva que soca todo o estoque de suas frustrações, até se satisfazer temporariamente, já que ninguém sabe; é a vida possível. Não contava é que Aguinaldo, de passagem por ali atrás de Renata, a tudo assistia.

4

Jefferson acorda numa rebordosa homérica. A cabeça dói-lhe, antes não tinha esses avisos do organismo pra que desse um tempo, podia consumir quantidades industriais de álcool e droga que acordava inteiro. Quem o visse congregando nem dizia, mantém a imagem impecável perante a nova sociedade fundamentalista, é homem de Deus, um promotor da justiça divina, baluarte da moralidade. Não convém que tenham ciência de sua vida oculta, aprendeu desde os bancos da faculdade de Direito que mais importa a imagem que a sociedade tem da gente do que a essência. Por isso o rosto escanhoado, o cabelo aparado, os óculos sóbrios, o terno escuro a delinear o corpo esguio, quase bulímico, de rapaz estudioso. Preza a vida, ainda mais porque Deus lhe deu a graça de seguir vivo no mundo novo e, se lhe foi concedido sobreviver, ele que não vai morrer outra vez. Tem medo. O cu pisca-lhe involuntariamente, associa o medo à região do cu e filosofa que todos têm algum medo, posto que todos têm cu. Isso deve estar na Bíblia, disfarçado em alguma parábola, não é só sabedoria popular.

Nessa sucessão de sinapses lembra que visitou a balsa na última noite, onde revisitou a Leididai. Estava de fato muito louco, louco de desejo, louco de saudade da vida louca, e ninguém o podia atender senão ela. Levanta, vomita, toma um energético, uma solução de água com sais minerais, a ressaca vai cedendo. Incomoda-o agora uma coceira na glande. Não acredita que voltou.

Raúl, o médico, entope-o de novos antibióticos e fungicidas, um coquetel que lhe vai combalindo o fígado, talvez por isso a ressaca, não é mais o mesmo Jeff velho de guerra.

"Doutor, como puede ser que em la medicina tão avançada que temos hoje no se controle uma doença venérea? Isto es uma vergonha, voy a denunciarlo a Eclésia."

O médico balança a cabeça, como é difícil lidar com as carteiradas dos membros eclesiais, politburo desgraçado, era bom ser médico no país afundado, quando os livres-empreendedores do mercado farmacêutico proporcionavam tertúlias.

"Don doutor Jefferson, compreenda uma coisa que es superior a nosotros, mesmo a la Eclésia: la Naturaleza. Ela es más forte que el hombre. Su bimba está infectada por microrganismos contraídos em relaciones sexuales promíscuas. La medicina possible puede amortizar los efectos de estes microorganismos, mas eles se reproducem. Y quanto más reproducem, vão mesclando com outros tipos de microorganismos, criando generaciones más fuertes, que resistem a los medicamentos."

"Yo lo sei. São como los humaños."

"Exato. Los micróbios resultados de la miscigenacion detestam las raças que los originaram. São tão voraces que além de destruir lo corpo hospedeiro, ainda quierem destruir a sus pares. Haja antibiótico."

Raúl é um médico dos tempos antigos. Fugiu de Cuba tão logo formado, na missão em que o enviaram pro país que afundou. Uma vez fora dos limites da ilha, naturalizou-se, encantado com as facilidades do mundo capitalista. Hoje, que o país afundado virou outro, exerce a profissão com desinteresse, não se importa muito com a saúde dos sobreviventes, é como se estivessem todos mortos. Parece-lhe mais familiar este idioma de hoje, o zumboli, que aqueles falados ao tempo de sua naturalização, e tinha fluência nos dois, o espanhol e o português que teve de aprender para homologar seu diploma. Se pudesse, fugiria de novo, dessa vez pra China, mas não o deixam entrar lá. Ah, se houvesse um jeito de pular aquela muralha, ou mesmo uma balsa que o fizesse chegar a Hong Kong.

5

Não é só o doutor Raúl quem, se pudesse, iria embora, a vida nessas terras é opressiva, prazeres tolhidos, imposições de moral incumpríveis. O próprio governo de Eclésia, nos primeiros tempos de ajuste, viu-se obrigado a fazer uma concessão, a cúpula chamou Antônio Naves pra que este concedesse a Jefferson, ninguém melhor que ele, a permissão de criar um oásis de desfrute para privilegiados. Bom conhecedor do assunto *desfrute para privilegiados*, ele abriu um bistrô onde se podiam comer interditas carnes, levar amantes e praticar orgias com discrição. Para gerenciar a casa, uma vez que ele, na condição de promotor, não podia aparecer, escalou a Leididai. Jefferson andava solitário no mundo novo; Aguinaldo era casado e tinha amante, Naves pegava a mulher de Aguinaldo, os noias se comiam indiscriminadamente. Tinha Edilene, a juíza, aquela emergente solteira que o vivia cercando, mas ele a abominava, e ela o julgava um subordinado. Continuava gostando do velho amor de escola.

"Entonces por qué no me assumes?"

A pergunta da Lady faz eco. Por quê? Podia pedir baixa da função de promotor, estava cansado. O bistrô, afinal, dava renda muito melhor que o salário de funcionário público, e não lhe cobrava comportamentos exemplares. Queria estar à frente do atendimento, propiciar prazer aos sofredores do mundo oficial, já que estes haviam decidido bancar sua atividade. Tinha mais poder como dono de randevu que qualquer promotor, até Edilene ali era sua refém. Jefferson pensava essas coisas, sonhava uma aposentadoria, o salário vitalício, a alforria pra se dedicar unicamente à indústria do entretenimento, sua paixão, e ao lado da mulher, Leididai, mulher, sim, é como ela se sente e se declara. O que traz por baixo da roupa íntima não define seu gênero, afinal, o Direito avançou. Esses pensamentos são reforçados depois da noite em que esteve lá no bistrô o próprio Naves, em pecado com a mulher do irmão Aguinaldo, aquela mesma que vive fazendo queixas, na vara de família, das traições do marido. Se o premier que é o premier se permite desfrutar na ilhota do bistrô, nada mais o impede de ficar com sua Lady. Está decidido.

Claro que a decisão seria abortada tão logo passasse a euforia da poeira que o casal inalou antes de fechar o restaurante aquela noite. Leididai pegou o caminho da balsa, ele voltou pra Nova Cintra. A manhã seguinte o colheu com as notícias de dois assassinatos de autoria incerta, mas suspeita. Com o primeiro, noutra das residências da ilha, ele ficaria apreensivo, afinal a vítima era um graduado feito ele: Antônio Naves. Mas, por causa do segundo crime, ele não teve condição de reagir. Afetou-o no mais íntimo, precioso além do status, a Lady estava morta, dessangrada, as turmalinas vidradas contrastavam o rosto lívido, a boca aberta, o punhal no umbigo. O mundo se abriu num vão escuro sob seus pés, e Jefferson foi tragado no rio de sangue que lhe correu dos pulsos, cortados a caco de espelho.

PARTE III

A namorada do patrão

1

Pré-águas. Antônio Naves estava casado havia seis anos quando sua esposa morreu. Era importante um gerente de banco ter família, mas, pra além dessa conveniência, ou por conta dela, ele gostava da situação. Compromissos profissionais, como a obrigação de levar os correntistas a bacanais, serviam de alvará; a esposa sempre compreendeu, tão pragmática quanto ele. Viveram um casamento feliz, iam aos Estados Unidos vez por ano comprar nos outlets, moravam num belo apartamento, tinham um SUV branco e um carro popular preto com motor de mil cilindradas, pra ela usar quando ele estava com o SUV; uma secretária do lar que aceitava laborar sem registro em carteira e quase de graça, em troca de casa e comida; e uma filhota linda, sua princesa. Também possuíam uma casinha simpática de praia, decorada por madame Naves com delicadezas de origami e máscaras africanas, entre panelas e outros objetos de ferro fundido que faziam alusão ao período colonial, e que à escravatura davam um toque de saudosismo. Por conta desses singelos registros sentimentais, e a vida sentimental do homem pragmático é bastante singela, ele se viu desarvorado com o câncer que roeu o ventre da esposa, levando-lhe dele, muito antes da Inundação, tudo o que tinha de imaterial nesta vida. Com a viuvez só restaram lembranças físicas, os carros, a casa de praia, a filhota. A filhota da qual teve de cuidar; ainda que o auxílio da secretária do lar tenha aliviado, a responsabilidade foi dele.

O passamento de madame Naves deu-se de forma indigna, ela que foi sempre tão elegante. Antônio viu a vida esvair-se numa poça de sangue com fezes; acompanhou o último frêmito da alma gêmea a sacudir o corpo. Quando parou estava só no mundo com uma menina de cinco anos; e não sabia que fazer dela. A pequena Renata não entendia os acontecimentos daquele tempo. A falta da mãe foi-se fazendo sentir nos dias seguintes, através de uma tristeza recorrente, que a acompanhou a cada dia que maturava. Desprezava as amantes do pai, e a vida dele mais ainda, uma promiscuidade com fins lucrativos. Naves entregou-se ao trabalho, aquele trabalho sem sentido que era o banco, levar correntistas ao lucro inócuo e depois a ambientes onde se afogasse o vazio. O caminho trilhado na adolescência da menina foi o óbvio, drogas e leituras, tudo que um espírito sensível alvejado pelo destino pode buscar num mundo sem recursos como era aquele do pré-águas, onde a fé andava em baixa. Fosse hoje, ela se podia agarrar a Jesus, não ao Jesus de Eclésia, mas Àquele de quem o Fray fala com tanto entusiasmo.

2

"Ocorre já la metástasis, señora, creo no haver mucho lo que hacer."

Doutor Raúl prolatou a sentença. A senhora Naves tem o olhar perdido, levou aquele tiro à queima-roupa e não pretende obtemperar, nem aceitar, nem se revoltar, nada. Nem chorar. Antônio Naves é quem, impotente frente à iminência do fim, faz um protesto inútil.

"Filho de uma puta, volte lá pra sua Cuba, médico de merda. Vamos procurar um doutor de verdade, meu amor, este comunista não sabe o que fala."

Procuraram não um doutor que lhes parecesse de verdade, mas vários. Naves os elegeu entre os correntistas do banco, pareceu-lhe razoável concluir que os mais endinheirados seriam os mais competentes no ofício. O diagnóstico foi o mesmo. De noite em casa ele chorou feito um menino, agarrado à teta da senhora Naves. Prometeu fazer peregrinações, oferendas, visualizações criativas, tudo o que fosse preciso, mas ela já se entregara. Pediu ao marido que não lhe tocasse o seio dolorido, que não lhe tocasse o clitóris, que abaixasse o pinto. Declarou que de agora em diante ele poderia até manter amantes, ela ainda o amaria, foram tão felizes, não era justo que ele, na flor da potência, tão viril, se privasse de vida.

A liberação teve contrário efeito praquele homem que praticava a promiscuidade às escondidas. Naves sentia prazer em fazer as coisas daquele jeito, liberado não tinha mais graça. Foi fiel até o fim à mulher e se, depois, voltou a uma vida sexual movimentada, só o fez quando viúvo e sob velada censura da filha.

3

Amélie Poulain e Amy Winehouse eram as pautas da menina Renata, embora tivessem existido enquanto personagem, a primeira, ou figura histórica, a segunda, há trinta, trinta e tantos anos. Ela julgava haver nascido em época errada, achava a primeira década do século XXI fantástica, Amélie um exemplo de delicadeza frente a um mundo materialista e comercial, Amy a rebeldia necessária pra afrontar este mundo. Os jovens do ano de 2044 defecam pro som de Amy e pra delicadeza de Amélie, o batidão vigente os fez perder qualquer sutileza, aquela voz jazzística parece sem sentido. Renata se sente isolada no colégio, cercada de idiotas.

Se na escola sofria uma perseguição covarde — a diferentona, a doida, a chapada, a suja — e era obrigada a se fazer de morta pela impossibilidade de afrontar os inimigos, em casa Renata exercia a insubordinação. Brigava com o pai frequentemente, xingava suas amantes, comentava sem freio a vulgaridade delas. Naves ter descoberto que a filha andava cheirando cola e fumando pedra piorou bastante a situação. Ele próprio tinha levado uma vida de sensualidades, muita droga, bebida, era um homem de meia-idade e coração combalido, que não aguentou e rompeu ante o desgosto de filha. Depois de ela ter-lhe jogado na cara todas as culpas e se trancafiado no quarto, ele sentou com a dor no peito e foi afundando no veludo do sofá, mergulhando, indo pra dentro de si tão fundo que emergiu a ponto de ver seu próprio corpo ali, jogado, um esgar no rosto.

Disseram pra Renata que morreu sorrindo. Mas ele não estava morto, estava ali, via tudo. Viu os paramédicos retirarem-no do sofá e o levarem, e ficou ali, da janela, vendo a filha ir morar na rua. Viu os meses passarem e as águas subirem, orientais ensandecidos matando tudo que passasse pela frente, temeu por sua menina, mas curiosamente a pouparam, como pouparam ao bando de malucos com que ela andava. Naves viu tudo por muito tempo, quieto, fingindo-se morto. Quando tudo passou foi que o enxergaram, e lhe deram este cargo de provincial.

4

A água subiu de forma abrupta, engolindo as ruas da cidade. Foi um anjo resgatador o chinês com aquela balsa que surgiu no beco onde a rapaziada fumava, atrás do Clube dos Ingleses. Todos os malucos foram levados pra cima da embarcação, a tripulação estrangeira ignorando os gritos dos afogados, cidadãos de bem que moravam na circunvizinhança, comerciantes, sócios do clube, a fina flor daquela sociedade abandonada à violência da Natureza, e a escória sendo resgatada. Acomodados, os malucos viveram a louca viagem que foi água subindo, engolindo clube, orquidário, prédios. A balsa foi em direção às montanhas azuladas, que pareciam não mais diminuir, sinal de que as águas deixaram de subir. O calor era insuportável, mas a água do mar estava gelada, viam-se ainda pedaços de gelo a boiar em franca sublimação, icebergs esparsos. Seguiu solitária, foi atracar no que sobrou de Cubatão, as encostas de Serra. Os bairros Cota, manchas de urbanismo em meio à Mata Atlântica, estavam desertos, haviam dizimado a gente dali. Os malucos da balsa foram levados a um centro de triagem, onde chineses e pastores evangélicos lhes tentaram oferecer a oportunidade da cidadania desde que se convertessem, o que recusaram. Foi-lhes dito que se alojassem onde quisessem, mas que nunca contassem com a Eclésia. Viveriam à margem, da benemerência dos irmãos cidadãos eclesiais.

Renata estava na sarjeta da nova vida quando Aguinaldo a resgatou, prenha não se sabia de quem. Nos seus mergulhos pela inconsciência vagabundos incréus, gente de rua, a estupravam, e foi assim que se viu fecundado o óvulo incauto. Quando se conheceram ele estava correndo atrás de uma cadelinha que havia resgatado da rua. O bicho desdenhava a ração plus que o novo dono oferecia, buscando, no lixo, ossos de frango. Como a propensão à miséria custa a livrar e domesticação é processo lento, Aguinaldo exercia uma pedagogia bruta, chicoteava a cachorra pra que largasse o osso. Renata interpelou.

"Ei, seu escroto, se no quier el cachorro no pegue pra cuidar, dá pra nosotros. Bate em ele no."

Aquela noia, animada pela noite de exageros, investiu-se defensora dos direitos dos animais, algo mais bizarro que direitos humanos na concepção de Aguinaldo. Descrente da insolência, ele leva algum tempo até engendrar uma resposta, mas acaba por contestar.

"La cachorra es mia, yo estoy educando. Se tu padre tivesse te dado umas correiadas usted no estava aí em essa mierda. Y vá tomar em esse culo cheio de droga."

Foi tachado de machista, preconceituoso, anticristo e tudo o mais, ficou em desvantagem, os populares tomaram partido, da cachorra e da noia. Quem era ele, afinal, pra julgar, se nem Jesus julgava. Renata avançou pra cima dele, a unhadas.

"Usted no tiene moral pra falar de mi padre. No sabe de mi vida, no cuida ni de la suya, hideputa burguês, crente de mierda."

"Entonces vamos fazer assim: usted no cuida de la mia vida nem yo de la suya."

"Estoy cuidando es de la vida del cachorro."

"Es una cachorra."

Alguma coisa conduziu a cachorra pra lixeira e praquele osso de frango. A mesma coisa que conduziu Renata pra sarjeta, e Aguinaldo pra Renata. Por tê-lo feito revisitar a vala familiar, ele resolveu se livrar do animal. Naquele mesmo dia anunciou no grupo de intrazap da igreja que estava doando uma linda cadelinha, vacinada, vermifugada, muito carinhosa e precisando de um lar, por motivo de viagem. Uma congregada adotou, livrando-o de ter que lavar com caco de telha a nódoa de miséria do animal que, sabia por experiência própria, não ia sair.

Dois dias depois, quando acompanhava os irmãos de Eclésia na distribuição de sopa aos indigentes, ofereceu, a uma jovem que tiritava, uma cumbuca quente. São de extremo frio as noites agora, em oposição aos dias ardidos, clima de deserto. Ela lambeu sua mão feito um cachorro de rua, e ele a abraçou sem nojo de pulgas. Levou-a pro Old Fashion, Renata morou a partir dali entre o antiquário e a balsa. Estender essa mão, a cumbuca revitalizadora, fazia Aguinaldo sentir-se merecedor da sobrevivência à hecatombe. Reconheceu de pronto a maluca que havia esculachado dias antes, com quem discutira por causa da cadela. Fez um esforço por esquecer a desfeita, encarando-a estendeu-lhe a cumbuca. Ela não precisou de esforço, mal lembrava do entrevero, estava louca, aceitou com gratidão nos olhos, feito um bebê que mama. Ficou ali até ela acabar de sorver o consomê de legumes, ofereceu mais, por fim abraçou-a.

Foi nesse abraço que acendeu um fogo, o coração disparou, quando viu seus lábios estavam grudados aos da indigente. Espantou-se da maneira como ela gemia a um simples beijo, parecia se entregar, como buscasse alguém que dela viesse cuidar desde sempre. Ele a levou pro antiquário, deu banho quente, catou piolhos, jogou fora o cobertor e a amou feito um desesperado aquela noite. Pela manhã decidiu que ia tirar Renata da sarjeta e mais, se ela não saísse, ele é que pra sarjeta iria. Tudo o que não podia era ficar sem ela.

5

Foi no segundo ano primário que Aguinaldo ouviu a história da corda e do papel da maçã. Um menino ia a caminho da escola e comprou, na banca de frutas, a maçã mais olente que havia. Veio enrolada num papel de seda violeta que, devorada a fruta, manteve aquele perfume. Por recordar do prazer o menino guardou o papel no bolso. Mais adiante, jogado numa guia de meio-fio, encontrou um pedaço de corda. Ele pensou que podia fazer brinquedos engenhosos com aquilo, e resolveu recolher. Mas a corda, abandonada aos dejetos, adquirira um cheiro péssimo. Como a jornada escolar ainda teria que ser cumprida, teve a ideia de envolver a corda no papel, achando que a perfumaria. O que ocorreu, ao fim da aula, foi que a corda seguiu asquerosa, e a seda azul do papel que envolve a maçã, esta adquiriu o cheiro da miséria. Assim aprendeu sobre o perigo das más companhias. Muito tempo depois ele entendeu que também o papel de maçã, como todos os elementos deste mundo, traz o Mal em si, e foi isso, não a má companhia da corda, que o fez feder no final. É na lama da sarjeta, no excremento que aduba, que rebentam as sementes das flores mais perfumadas. Aguinaldo achou que pudesse dessarjetar Renata quando ele próprio trazia a sarjeta introjetada nos genes, desde seu pai.

Eclésia, embora seguisse o controle populacional imposto pela China, era contra a legalização do aborto. Renata poderia ter o filho de forma clandestina, sem a estatística dar conta, mas Aguinaldo decerto tomaria amor pela criança, cismaria de registrar, assumir paternidade, podia acabar deportado. Por sorte a gestação foi interrompida naturalmente, poupando-o dessa encruzilhada.

Com seis meses, a irmã que tinha adotado a cachorra desistiu, ante reiteradas demonstrações que o bicho dava de propensão à sarjeta. Ele aceitou de volta, e levou pra Renata cuidar, seria a filhinha deles dois, melhor assim, pais de pet, o feto devia estar contaminado com alguma doença da rua, talvez até miséria, a mais grave de todas. Não aplicou mais ametista no chacra da cadelinha, nem a vestiu de lantejoulas, nem insistiu pra que comesse ração plus, criou-a sem humanizar, respeitou sua essência. Quando estava bem, Renata a botava nos pés e lia aqueles livros lá dela; na fase escura da lua saía com a mascote a virar latas de lixo por aí, até que Aguinaldo as resgatasse dos ossos de frango, mas já sem chicotadas.

Em casa Dulce, sua mulher, tinha feito até festa de aniversário pro yorkshire que o casal adquiriu quando o filho foi deportado. Aguinaldo tinha qualquer ódio do cãozinho, mas guardava pra si, de modo à mulher não se chatear. Deu um jeito de envenená-lo sem deixar pistas, por isso, quando adotou a cadela, foi na esperança de compensar aquela falta pretérita, encheu o bicho de mimos. Ele se via hoje envolvido com uma mulher que tentava humanizar um cachorro no pior da humanidade, e com outra que se animalizava, lançava-se voluntariamente, a cada tanto, na sarjeta dos cães mais vira-latas. A esposa gostava de coisas factíveis, pouco ligava pra cultura e bens da alma, sem essa coisa de noblesse oblige, o proletário remediado almeja somente ser tosco feito um burguês, desnecessários adornos espirituais. Dulce seguia cultivando modos dos círculos que frequentaram pobres, Aguinaldo é que intuía necessário qualquer refinamento. Acreditava haver pessoas mais interessantes do que aquelas com quem privavam, sentia-se limitado na Bola de Fogo, igreja de periferia, de gente simplória, onde congregavam desde os primórdios, e que lhes tinha dado o suporte de um espírito tranquilo, em paz com Deus, para poderem prosperar materialmente como era do plano divino. Agora Renata começava a apresentar um universo de sensibilidades e abismos, e isso o comovia, achava-se ungido, o Senhor o presenteava. Embora desviasse pra si qualquer lucro do coletivo, levava sua obrigação com esmero, pagando o tributo-dízimo e empenhando-se no resgate de almas da sarjeta pras hostes da Eclésia. Não era um hipócrita feito Jefferson Tsé Assunção ou Antônio Naves. Merecia, sim, uma vida mais realizada, merecia felicidade. Eis ali seu galardão, Renata.

6

Aguinaldo e Renata, consolidado casal de amantes, no bistrô clandestino de Jefferson devoram um filé à parmegiana. Sobra mais de metade, a opção é levar. Encosta na mesa a maître, Leididai. Embora noia, tem o privilégio desse emprego graças a um conhecimento com o dono, um respeitável eclesial, desconfia-se. Pergunta se podem dar o resto do prato e, antes que Aguinaldo a enxote, Renata manda embrulhar e lhe estende. Recebe um agradecimento:

"Arrasou."

Aguinaldo pensa que ela vai acabar é arrasando consigo. Adverte a amante que não faça mais dessas liberalidades.

"La Lady es mi amiga. Nunca se me nega um trago de fumo. Se no íamos a comer porque no puedo darle?"

"No íamos a comer agora, pero podíamos levar a la casa y comer depois. Lembrate que talvez manhana yo no estarei contigo, y já no tenerás lo que comer."

As discussões do casal sobre riqueza e propriedade se estendem, Aguinaldo acaba por aprender algum modo novo de se relacionar, afinal o mundo é novo, ele e Dulce que seguem se comportando como gente do mundo antigo, de miséria moral e abundância de bens. Há que entender, e Eclésia enfatiza isso, que hoje tem-se um mundo de escassez de recursos mas de abundância espiritual. Renata está certa, ele teme que todos os noias estejam certos, que seu pai estivesse certo ao ir viver com os mendigos na praça, que a vida da classe média, esta sim, é que é a verdadeira miséria existencial. Da miséria não existencial ele não pode dizer que a conhece; a pobreza física, esta não havia em sua infância, a mãe contava com ajuda do escritor e ainda esticava a aposentadoria a que o pai havia renunciado pra vivenciar sua miséria espiritual na sarjeta de fato. De alguma forma, quando o viu na praça, Aguinaldo se apropriou de uma ideia de miséria, embora não a tivesse experimentado era como sempre estivesse encapsulada nele.

Seguidas garrafas de vinho, a cadela ressonando na almofada do canto do antiquário. Aguinaldo e Renata fizeram amor embriagados de sexo e uva, e ele acabou experimentando o crack, viajando com sua noia noiva a praias distantes, onde o mundo não havia acabado e ele era um menino cheio de vitalidade. Acordaram pela manhã num ímpeto de reconstrução, ele quis arrumar os livros dela numa estante, fazer do Old Fashion um novo lar, sem Dulce ou cobranças, sentia-se vivo. A escada doméstica não era suficiente para alcançar a última prateleira, de modo que ele precisou pisar no cano acima do patamar, uma operação perigosa que só podia ser garantida pelo contrapeso de Renata no primeiro degrau. Ela ficou de fiel da operação suicida, Aguinaldo arrumava o último grupo de volumes quando a voz de Maifrém soou lá fora, e a noia, esbaforida com a visita do companheiro de rua, pulou do degrau pra atender a porta, fazendo com que Aguinaldo se visse sem chão, estatelado entre uma pilha de livros inúteis. Ela percebeu sua desatenção e pediu infinitas desculpas. Aguinaldo nem se havia machucado tanto, mas guardou aquilo como uma advertência de que outras irresponsabilidades podiam-lhe dar cabo da vida. Se é que ainda havia alguma vida.

7

Tomado de uma tristeza incontornável, Aguinaldo põe-se a chorar. Não pode abandonar o casamento, jamais seria permitido. Renata afaga seus cabelos como a consolar um menino que perdeu a pipa quando luze um rosto furtivo, a câmera do foneportável em punho, no postigo. Estava de tocaia, Dulce aparece intempestiva na porta do antiquário. Ele adverte que Renata não abra de jeito nenhum, mas ela, modos de aristocrata, diz à rival que:

"Puedemos sim, charlar."

Abre a porta. Não se vê charla, mas um trator que atropela e logo um bolo de duas mulheres rolando pelo chão entre unhadas, puxões de cabelo e cuspidas. Param, arfando.

"Lo que Aguinaldo viu em usted?"

"Talvez lo que te falta. Piensa bien."

"Nada me falta. Soy linda, soy rica, perteneço a la elite. Y tu? Uma noia jodida."

"La elite de isto que restou de humanidade são los noias, los jodidos. No eres elite, eres solo uma zuca gourmetizada."

Ela descrê do que ouve.

"Que dissiste? Repete."

"Zu-Ca." — Renata escande, altiva. — "Bra-Zu-Ca."

O ódio fulge nos olhos, em instantes estão engalfinhadas de novo, Dulce cospe um pedaço de orelha entre uma gosma encarnada. Pra estancar o ataque de fúria, Aguinaldo a bota pra dormir com um soco. Dois dias depois o promotor Jefferson está à sua frente no tribunal dizendo que vai orar e jejuar até ele ser condenado e perder tudo em favor da mulher. Há que se manter o Estado Teocrático de Direito e as instituições, mormente a família. Aguinaldo solicita ao provincial que lhe permita divorciar-se, mas ouve que Eclésia impõe vedação constitucional ao divórcio. Invoca momentos históricos do fim dos tempos, em que se alteravam, de acordo com conveniências do poder, os preceitos constitucionais — lei é feita pra se descumprir. Mas não tem acordo. Lei dos homens pode ser assim, a Lei de Deus é imutável. Ainda tenta obtemperar que não se trata, no caso, de uma lei de Deus, senão que uma lei eclesial, uma lei de instituição, não há prova de que Deus a escreveu, lembra o caso de Henrique VIII, que mudou até a Eclésia de sua época, fez outra do mesmo Deus pra poder casar com sua amante, mudou a História. Embora muito lhe conviesse o tal divórcio, Naves é irredutível:

"La Lei de Eclésia es la Lei de Dios, porque la Eclésia es Dios. Vivam juntos hasta que la muerte os separe."

"A la vez pienso que já quedamos muertos."

8

Renata em relação a Dulce experimenta sentimento de recíproco desprezo. Queria que Aguinaldo tivesse a decência de se livrar do casamento infeliz, vivesse pra ela, tirasse-a de vez da sarjeta. Referia-se à esposa legítima como a grossa, a brega, a cafona. A rica sem noção. Mais que tudo, a velha. Há uma predisposição nas pessoas que atingem algum patamar social, que é considerar a classe imediata abaixo uma derrota. Ocorre com o empregado que passa a microempresário, com o estudante universitário que vem de família ignorante. Quem ascende tem um pavor atávico do antigo status, abomina a ponto de querer destruir os que lá ficaram, é um processo de autodefesa. Dulce, nova-rica, odiava proletários. Renata, jovem intelectualizada, ascendera na escala cultural o mesmo tanto que a rival na econômica. Era uma equação o que a levava ao asco dos incultos emergentes, ainda mais em se tratando de ameaça à estabilidade emocional, no seu caso tão instável. Ela sabia que Dulce não aquietava mais o marido nos fogos do sacro, feito sua mãe doente em relação a seu pai. Hoje Aguinaldo faz liberalidades em troca da moeda de amor. Dulce deve ser tosca demais para ternurinhas, mesmo para aceitá-las, tudo é pecado e imoralidade, segue os ditames da Eclésia. Renata não, apesar de tudo que contam dos fatos dos últimos tempos, da escatologia toda, da presença do Deus Vivo comandando o resgate dos eleitos das águas, ela é uma ateia materialista convicta, sartriana, melhor, simoniana, uma mulher independente e segura de si que resolveu contrariar seu papaizinho burguês e ir morar com os noias.

Desde que a mãe morreu, nos seus cinco anos, isso em 2038, ela nunca mais conseguiu monopolizar a atenção paterna. Naves vivia trazendo pra casa aquelas mulheres, bem-vestidas, peitudas, provocantes, tudo o que a menininha magra e tímida sentia faltar em si. Não é verdade que Dulce represente cada uma daquelas vagabundas e, se for verdade, que se dane. Também, de raiva, já que elas são burras e saudáveis, eu vou é ser inteligente, ver filmes, ler livros e usar drogas e beber e fumar e ser do contrário. Vão ver se meu pai não olha pra mim. O velho olhou, sim, por algum tempo, até saber que ela compartia com craqueiros os cobertores mais infectos enquanto o quarto com edredons da Disney seguia à sua disposição. Deu-lhe uns bons tapas na cara, amaldiçoou-a, largou-a na sarjeta e voltou pro apartamento da família, onde agora viveria sozinho. Viveria não tivesse morrido de enfarte naquela tarde de setembro de 2044, pouco antes da Inundação.

9

O amor por Aguinaldo nunca fez Renata monogâmica. É Maifrém quem está, essa manhã, entre as pernas de uma Renata desacordada, o colchão todo gozado, no chão do Old Fashion. Dulce faz questão de trazer o marido pra ver pessoalmente a cena. Deixa-o na porta e sai com um sorriso vencedor. Que, num passado, a menina de seus olhos tivesse mantido vida dissoluta era um fato irredutível, mas ele a havia tirado disso, resgatara-a para si. Encontrar a mulher por quem chegou a cogitar largar tudo e, fosse o caso, virar até um noia de merda feito ela, enrodilhada com um verdadeiro noia de merda, o fez desabar. Ainda mais porque, nos momentos seguintes, a paranoia eclodiu e ele começou a concatenar; que, por exemplo, ela o deixara cair da escada porque era já envolvida com aquele Maifrém que agora desfrutava seu corpo nos limites do que a ele pertencia, que ela era de todos os vagabundos.

Feras assustadas começavam a atacar os focos de humanidade atrás de comida, o planeta de Aguinaldo submergia, e ele junto. Agora nem mendigo mais queria ser, tinha passado disso no que tange a fundo de poço. A primeira reação foi tomar do candelabro de metal pelo receptáculo de vela e plantar a base no quengo do noia. O sangue escorreu, o pobre acordou urrando, as mãos na cabeça golpeada. A segunda candelabrada atingiu o meio do rosto, ao lado do nariz, provocando um corte. Maifrém não esperou a terceira, escafedeu-se, Dulce gargalhou ao vê-lo passar. Renata, mesmo depois de acordar embaixo de pancada, não esboçou intenção de fuga. Esgotada, de olhos no chão ela pergunta o que deve fazer.

"Solamente te vás. Some de aqui."

Renata foi, sem contestar. Aguinaldo armou depois, junto a eclesiais que lhe deviam favores, a arapuca que levou Maifrém à morte na árvore. Bastou contar que ouviu do próprio a confissão de ser ele o terceiro elemento, o sujeito que acompanhava Didi e Roque na destruição das árvores. A palavra de Aguinaldo não bastaria para a condenação, nem referendada por Almirante, depoimento de noia, valor desprezível enquanto prova. Mas por selar e lacrar tomou-se também o depoimento de Jefferson Tsé Assunção, este inquestionável, e ele afirmou peremptório ter ouvido a mesma confissão. Fora chantageado por Aguinaldo, que o fez prestar falso sob pena de se revelarem em pleno culto seus amores, que eram bem fora do padrão eclesial. Maifrém foi sangrado num ritual idêntico, e só não amanheceu em rigidez peniana, como os infortunados Didi e Roque, porque Aguinaldo fez acrescer à sua pena a emasculação prévia.

Quanto a Renata, na primeira esquina que cruzou, cumprindo a sentença e saindo do olhar de Aguinaldo, Dulce por trás tapou-lhe a boca e a sangrou de punhal. Não tinha mais aquela gana de morder a orelha da rival, como esta fizera consigo. Deu a outra face, deixou-se ir, como o sangue, como a vida.

PARTE IV

O dono do ferro-velho

1

Quando Aguinaldo começou, até era moda falar em reciclagem, mas resíduos nem valiam isso tudo. A cessação das atividades exploratórias multiplicou o valor das ações dos comércios de sucata, e ele ascendeu feito um megaespeculador involuntário. Relutava, hoje, em mandar pra fundição ou pra China as peças que adquiria; parte substancial encaminhava pro antiquário anexo, o Old Fashion, que Dulce gerenciava durante o dia. Eclésia proíbe comércio particular de sucata grossa, é da China o monopólio, mas objetos de valor histórico podem ser transacionados por um permissionário graduado feito ele.

"Quanto este bandolim?"

"Vixe, sei no, señor tiene que ver com mi marido."

Quando o marido, Aguinaldo, chegava, botava preço. Tratava-se de um instrumento antigo, datado na etiqueta de um luthier italiano do ano de 1930, que os noias venderam pelo preço de meio sanduíche de mortadela. Custou a Antônio Naves mais que a paella pra vinte convidados de seu aniversário, no bistrô. Ainda assim, sabia barato.

"O hermano sabe, yo no vivo de isso. No chore, está levando quase de graça um instrumento raro, ciento y quarenta años, madeira curtida, mira la sonoridade" — com um palito de fósforo tirava um acorde metálico dos quatro pares de corda. — "Mantenho la lojita aqui pra Dulce se distrair, señor sabe que yo no precisava."

"Mas qué distracion essa de la hermana, que nem preço sabe dar, hermano Aguinaldo?"

"Quien sabe preço es mi marido, yo solo tomo de cuenta" — falou Dulce.

Depois desse dia, dessa humilhação na frente do homem que a cortejava desde o pré-águas, ela decretou que seria só dona de casa mesmo, não queria saber de butique, Aguinaldo se virasse, fechasse, botasse colaborador, a vagabunda, o que quisesse. Casados há vinte e sete anos, os dois se seguravam pra criar o neto. Tinham uma concepção bastante pragmática de família, casamento: uma empresa, que não cabe dissolver. Afinal, começaram juntos, ia todo aquele tempo, atravessaram o apocalipse, se ela não cuidou de desenvolver dotes intelectuais não era por isso que seria descartada, se ele era promíscuo, paciência, homem é assim. Aguinaldo era contra descartar, tentou levar a mulher pro Old Fashion, reciclá-la. Ela submeteu-se, mas só até ali; não ia ficar no mesmo ambiente da amante, aquela mendiga, agora ficaria em casa, alternando o tempo entre academia e igreja, desfrutando do que amealharam, sonhando culinárias, escreveria um livro de receitas, isso, não precisava mesmo trabalhar. E mais, decidira: ia dar pra Naves, chumbo trocado não dói.

Nem sempre tinha sido a prosperidade que experimentavam hoje. Lá no início, em 2040, antes dessas sensibilidades de rico novo, aquilo que os tirou da pobreza, a invenção do ferro-velho, partiu foi de Dulce, que não via futuro pro marido em fábrica. Hoje as fábricas estão lá, embaixo d'água, e eles aqui, salvos. Começaram no próprio quintal, acumulando peças trazidas de contrabando da empresa, pedaços de trilho e dormentes de madeira, Aguinaldo trabalhava no descarregamento dos vagões. Com um ano tinham canal direto em atacadistas, adquiriram um caminhão Munck pra levar a sucata ajuntada e vender longe, além de fazer pequenos serviços de guindaste pra então empregadora, da qual ele, assim que pôde, aposentadoria forçada por uma coluna sentimental, se desligou. Passou de empregado a prestador de serviços, pessoa jurídica, em sete anos trepou na escala social, desenvolveu as potencialidades da Silva & Hernández Comércio de Sucata e Recicláveis Ltda. e, na Bola de Fogo, igreja onde congregava, assumiu a posição de diácono. Com a Inundação e o desmonte da frota automobilística o ferro-velho içou vela, e também Aguinaldo soube fazer esquemas pra remoção da sucata da antiga empregadora, tinha exata noção da localização submarina dos equipamentos. A fábrica foi abandonada, não havia por que subi-la tantos metros, suas tecnologias estavam superadas, tirou-se o que se pôde e o resto ficou lá embaixo, em Atlântida.

2

Às dez da manhã, no escritório do Old Fashion, a visita de um oficial de justiça. Farda de brim azul-marinho, o peixe--distintivo no bolso da camisa, logotipo da prestadora de serviço dos órgãos eclesiásticos.

"Em nombre de Jesus y por ordem de la juíza de la vara de família, pastora Edilene Liu San, cito el señor Aguinaldo Odilon Hernández de los termos de uma acion de admoestacion matrimonial proposta por su esposa Dulce Maria da Silva Hernández, que lo ha acusado de adultério y inobservância de los princípios de la fé. Fica consignado el prazo de quinze dias para contestar. Cubatão, província de San Pablo, el 15 de julho de 2067. Que Dios lo abençoe."

"Dios lo abençoe."

Dulce resolveu jogar duro. No arrazoado fazia acusações que levariam, de forma catastrófica, à partilha do tesouro. O riso de canto no rosto do empregado portador da citação incomoda Aguinaldo. Gente recalcada, semiescravizada por culpa da própria incompetência, não se puderam firmar como empreendedores nem obtiveram colocação eclesial, que morresse terceirizado, exu infeliz, e tratasse de escamotear esse riso, se externar eu ligo na prestadora de serviço e você vai pra rua. E, na rua, já sabe, vai catar sucata e ficar na minha mão. Pensar que há cinquenta anos essa corja tinha estabilidade, era agente do Estado. Hoje que é bom, Estado de menos, Fé demais.

Prestadoras de serviços terceirizados — não concebe essa inovação —, empresas sem sede, patrimônio ou objeto social. Nomes em inglês, essa língua morta que substituiu o latim na denominação das coisas que se pretenda flambar de alguma solenidade. Virtualidades do mundo negocial que movimentam milhões de bênçãos sem mover um grão de areia físico. Capitalismo sem capital.

O divórcio é vedado pelas leis de Bolivana-Zumbi, uma república fundamentalista cristã que concebe o casamento entre o homem e a mulher para durar o tanto que a vida. A medida judicial, contudo, pode fazer com que, sem separar o que Deus uniu, os direitos a uso dos bens que o casal agregou sejam deferidos pela Eclésia só à parte inocente. E a parte inocente era Dulce, assim ela o dizia no arrazoado, traída de forma rasteira pelo marido com uma mendiga desclassificada.

3

A balsa parte uma vez por semana, silenciosa, Aguinaldo costuma acompanhar. Almirante cede o leme quando ele está embarcado, é o patrão quem controla. Pensar que este tipo de embarcação era barulhento, aqueles motores a diesel, quanto essa conversão às novas tecnologias controlou não só a poluição do ar, mas a sonora. Algum deles desce de escafandro, desta vez devem concluir a retirada dos trilhos do VLT, ainda estão íntegros, o sal não oxidou muito. A barcaça do ferro vai com bela carga, não destinada à exportação, senão ao consumo interno, trilhos se aproveitam na malha local. Podiam era lotar todas com ferro desta vez, mas a regra é clara: uma barcaça de ferro, três de plástico, duas de madeira; carros recuperados e volumes maiores sobre a balsa.

A Ilha ainda proveria a Terra por décadas, mas é preciso catar o submerso antes que boie e vá acumular mais. Há uma meta de diminuição do continente de plástico que não se pode perder de vista, o aumento da Ilha ou uma simples estagnação resulta em represália chinesa. Desde que se proibiu a exploração do petróleo Eclésia compra todo o plástico, quanto chegue se extrusa e exporta, o consumo interno é moderado, mas a China absorve o excedente. O que justifica o subsídio eclesial é que mais se recolhe sucata do que se a consome. Não seria bom que acabássemos a saga sobre o planeta sem limpar nossa cagada, Jesus não se agradaria.

Todos os que optaram por seguir a vida à margem, negando Jesus, devem cumprir uma temporada de serviço no oceano Pacífico: aspirar o que boia na Costa Oeste dos antigos Estados Unidos, triturar, lavar, enxaguar, embalar e mandar pra China. Insalubridade havia bastante, em poucos meses a depressão atacava os tripulantes e tinham de ser substituídos, aquele trabalho desestimulava até um monge beneditino, não havia fé contra aquela derrota, quanto mais plástico se tirava mais a Ilha crescia, parece que nas casas submersas o material se reproduzia, brotava feito líquen, saía por frestas, janelas e portas, as correntes traziam pras extensões continentais da Ilha. O cheiro era outra agravante, a montanha de focas mortas, golfinhos, alcatrazes, milhares de tartarugas engasgadas com sacolas, baleias apodrecendo com o bucho cheio de garrafa PET. Bem fez a China de proibir a exploração do petróleo, agora é consumir o que ficou, mas, eis a questão, como consumir? O corpo apodrece, a alma não, a alma é plástico, a alma é eterna. A alma coletiva é matéria, um continente de plástico boiando no mar da Existência.

4

Houve, no pré-águas, um homem que virou samba. Chamava--se Altino. Não fumava pedra, só bebia e vivia na rua, tomava chuva e nem ligava, dormia atrás do cemitério e seu cobertor fedia a mijo. Dizem que Altino teve casa, era mecânico da Volks, fez Senai, ganhava bem, tudo na vida dele ia. Um dia a mulher largou dele, deixou sua moradia pra viver de boemia, e foi morar na rua com um mendigo velho que não tinha merda nenhuma pra oferecer. Depois dessa desilusão Altino agarrou de ser mendigo, talvez na esperança de que a mulher volte pra ele, já que ela gosta é disso.

A Inundação, que o colheu pós-graduado em sarjeta, foi--lhe irrelevante, seu mundo já havia submergido. Edivânia não quis a vida decente que ele dava, até entenderia se o largassse por algum novo-rico que pudesse sustentar luxos. Mas não, deixou-o por uma chaga da sociedade. Sexualmente davam-se bem, nada o fazia crer numa paixão derivada do contato físico com o estranho. Olhando bem pro rival, velho e indigente, não se podia enxergar um homem capaz de satisfazer mulher daquela estirpe. Altino não compreendia a razão do desprestígio em prol de tão pouco. Aconselhado, procurou psicólogos, disseram que o problema não era com ele, deficiência dela que não o devia afetar. Outros disseram que o mendigo fez feitiço, outros ainda que foi a vontade de Deus. Amigos tentaram que não se largasse, o escritor, a nova namorada, sem sucesso. Não esquecia Edivânia. Quando a namorada engravidou, num erro de cálculo, aproveitou para a definitiva partida.

Não queria prole, ser proletário. Homem sem consciência de classe, Altino havia respeitado não a patrões, que na Volks ninguém sabia quem eram, mas a superiores também proletários, embora não se vissem como tal. À classe abaixo disso até então guardava desprezo, achava-se, naqueles anos em que o país afundado se industrializava, um pilar da sociedade, a *nova classe média*. Procurou Edivânia, descobriu-a bêbada, o velho já havia morrido, mas ela tinha ficado na rua. Dizem que as ruas têm muitos atrativos, Altino não compreende, Edivânia está um caco, consumida pelo álcool, nem deve viver muito. Ela não quis voltar com ele, então resolveu ficar, pra não morrer de tristeza sentou-se à mesma mesa. Não podia viver sem aquela filha da puta.

O que havia conquistado, e que nem era tanto, mas era sua fortuna, largou pra lá, que servisse ao menos pra sustentar o filho. Não queria notícias da vida que largou, embora por vezes o amigo escritor as tenha tentado levar, até que cansou e, atendendo ao apelo de Altino, não mais insistiu. O escritor cuidou do menino Aguinaldo como se filho fosse e, a despeito de ser casado, deu paralelo amparo à namorada que Altino largava. Altino não, agora tinha um nome de rua, pelo qual se fazia conhecido entre os invisíveis: Galego.

5

Na audiência, juíza e promotor mostram dentes ferozes. A excelentíssima pastora Edilene Liu San, meritíssima juíza da vara eclesial de família, recebe denúncia do magnânimo bispo Jefferson Tsé Assunção, promotor de justiça, na qual, transcrevendo queixa da irmã Dulce Maria da Silva Hernández contra seu marido, irmão Aguinaldo Odilon Hernández, é informado à Eclésia que o requerido anda a praticar com reiterada contumácia o adultério, expondo sua mulher, a autora, à qual se uniu sob as leis de Deus e jurando fidelidade, a toda sorte de doenças e humilhações. Tendo por base o fato de que a requerente sempre foi honesta e temente à lei do Senhor, e que nunca traiu o requerido da maneira vil que sustenta estar este fazendo a si, requer interferência de Eclésia na vida privada do casal, mormente porque o patrimônio pessoal e os direitos a uso e exploração de bens que amealharam lhe devem caber com exclusividade em eventual partilha, dado não ser ela a causadora do imbróglio matrimonial. Jefferson apresenta um PowerPoint pelo qual reduz todo o falatório jurídico a um gráfico neocartesiano, numa lógica que de cartesiana nada tem, mais aproximada de um sofisma absurdo, em que tudo converge para forjar uma culpa maior que aquela que o réu por si já carrega. Inquirido, ele nega tudo, Dulce promete que perdoa se ele confessar. A juíza, atenta ao princípio da sororidade e porque sente na autora uma irmã, sugere ao réu que confesse. Ele reitera a negativa e diz que só se confessa é pra Deus, administrador maior de toda e qualquer Justiça. Dulce diz que não deseja prosseguir na ação, satisfaz-se por ora, o bispo e a pastora idem, ajustam um termo de conduta por cujos mores daqui pra frente Aguinaldo promete que não rela mais os dedos em Renata nem em qualquer outra noia ou mesmo outra mulher, e voltam pra casa. Na noite compartilhada no leito com o mutismo de Dulce, ele lembra do pai, que preferiu a mendicância a se privar da mulher que amava. Aguinaldo não quer virar mendigo.

"Mãe, por que o meu pai não mora com a gente?"

A infância dorida, a vontade de prover a mãe, ainda que tal provisão já fosse garantida — o pai deixou tudo quanto era cartão em casa, com senha e salvo-conduto, não queria nada com a vida antiga, comia do que lhe davam, bebia com o que ganhava do que catava de latinha. Aguinaldo viu-o duas únicas vezes, e contra a vontade da mãe. O escritor achou que devia essa consideração ao amigo, levou o moleque escondido. Na primeira o encontrou bêbado e foi ignorado, na segunda o achou sóbrio e foi advertido a que não expusesse o menino àquilo, se ele um dia quisesse que o fizesse por conta. Cada um que abrace sua sina ou dela fuja.

"Piensas em qué, mi amor?"

"Em el culo de tu madre."

Dulce se indigna, mas prefere não levar adiante uma discussão, obteve o que queria por hoje. Embora o cu materno a que Aguinaldo refere não seja mais que uma entidade neutra, não o da sogra de fato, ambos correm no automático os olhos pra foto da cômoda, onde a velha Ondina posa jovem numa fotografia, talvez da primeira década do século, o casaco de onça, falando num telefone celular dourado a um namorado imaginário, arames coloridos no dente, sobre uma motoneta de cento e vinte e cinco cilindradas, o capacete rosa no cotovelo. Essa pintura pós-moderna remete-o da sogra à mãe, a vida indo nos conformes, até viagem pra Buenos Aires, de avião. O pai era uma idealização.

"Vamos um dia na Europa, filho, pra Galícia, encontrar com ele."

Quando o escritor mostrou, na praça, o que era seu pai, a Galícia submergiu na cabeça do menino Aguinaldo. A infância foi toda ela passada com mãe e um episódico escritor, casado com outra, sim, mas presente na medida. Aos dezenove foi dado a Aguinaldo tornar-se funcionário da fábrica onde o pai trabalhou. Não tinha grande estudo, o jovem, mas pra peão servia, começou lombando saco e logo foi pra linha férrea, carregamento de vagões. Dali começou o namoro que o levou a casar com Dulce. Júnior, o filho, já gozou a prerrogativa de não cumprir pena ali, submergida que estava a fábrica quando de sua chegada na idade laboral.

Aguinaldo nunca soube direito, a mãe se fechava num mutismo de pedra, a razão de seu pai ter ido morar com os mendigos. Até os sete acreditava, como em Papai Noel, que ele tinha partido para a Europa. Quando o viu, na praça, comentou com o escritor que imaginava um pai diferente, não se reconheceu, como podia um filho reconhecer o pai senão por parecença consigo. Ele era um menino indígena, a morenice da mãe. Odiou bastante aquele pai galego e aquele passado, aquele DNA, enfim.

6

Acorda disposto a sair numa expedição, sumir do raio de Dulce. Vai comprar crack com que abastecer a folha de pagamento. Presencia o tombo de Renata de uma bicicleta, do nada pôs-se a tremer e foi ao chão. Tinha prometido ao promotor e à juíza se afastar da amante, mas para pra socorrer:

"Qué passa?"

"Gozei com el selim. Ia tão gostoso que hasta me caí. Sinto tu falta."

Ele lembra da noite odiosa ao lado da esposa. Renata devia fingir para seduzi-lo, não é possível mulher tão tesuda, eu me matando em esforços pra provocar prazer na oficial e esta me goza do nada. Conseguia com Dulce de forma episódica, quando a raiva tinha virado energia, não queria mais viver assim, queria era gozar de amor. Descumpriu a promessa feita ao Judiciário, retomou o romance.

Aguinaldo chega na balsa silencioso, capta a conversa dos noias, que bebem aguardente e fumam duma compartilhada marica:

"Porra, malandro, já tive dinero pra carajo. Mas yo amava aquela mujer" — diz Galego.

"Yo lembro, estoy ligado, ela te deixou em la mierda. Mujer deve dar lucro para la gente, não tirar dinero" — Maifrém contesta.

"Que se joda" — Galego replica.

"Aff, mujer, ustedes solo falam em isso. Yo vim parar aqui

no foi por mujer, ni por hombre, ni por nada. La gente vem parar aqui porque tiene que" — entra Leididai, filosofando.

Aguinaldo também surge na conversa. Nada imagina da vida anterior de Galego, mas seguro que ele não teve *dinero pra carajo*.

"La bicha está cierta. Cada um escolhe el amor que quier, depois não tiene que quedar botando la culpa em porra nenhuma. Mira, tiene um pacote de piedra aqui pra nuestra viagem."

"Ar-ra-sou" — Leididai, escandindo.

Galego, que é só alcoólatra, não fuma pedra, estende um olhar de admiração praquele homem, ainda jovem e tão sábio.

7

O catre é duro e gelado no quarto de pedras do monastério andino. O jovem Luiz de Atahualpa sofre dores horrendas nos testículos, não há o que lhe faça abaixar o membro, duro feito o catre e as pedras da parede, a lembrança da boca, das coxas de Remédios, o encontro furtivo no bosque, as juras de amor. Ele já se masturbou três vezes esta noite, e a gana não cessa. Pensa que a fé lhe fraqueja, mas as palavras do irmão Urrutiaga, *Devemos viver como o Cristo, nossa noiva é a Igreja*, fazem reforçar um sentimento de Deus em si que ele já trazia de berço. É nessa mescla de dor e fé, nessa luta do profano com o sagrado, onde o sexo encontra o divino, que Luiz de Atahualpa sofre a transformação. Uma dor aguda lhe alveja a base da coluna, a ponto de ele sentir que não pode mais andar. De repente a dor se concentra num ponto, sente que ela brilha em dourado, e começa a subir por sua coluna, deixando o cóccix e se instalando na região do baço, subindo ao umbigo, ao coração, passa por garganta e testa indo explodir feito um microvulcão no seu cocuruto. A partir disso Luiz sente estar livre da escravidão do desejo. O falo segue rijo, pulsante, mas isso lhe dá agora alegria e sabedoria, é o rei de paus. A dor o deixou, pulsa numa vibração de amor, sente a presença do Cristo e aceita que não mais poderá ter Remédios, ao menos neste mundo.

É pensando nessas coisas da vida que passou que ele mais se afeiçoa a Aguinaldo, a servidão desse crente ao sexo com a jovem amante, um casamento que não preserva mais qualquer laço, que era só pra enquanto a morte não os separasse, e isso que ora se vive não é mais, o mundo é outro, o país afundou, a Língua. Através da oração e da visita astral vai conduzir esse irmão à salvação, vai orientar a construção de uma capela com a imagem de Nossa Senhora Aparecida que seu discípulo há de esculpir. Esculpir, palavra tão dúbia.

"Don Fray, estoy com ganas de esculpir uma estátua de la Virgem, para que la adoremos nosotros em la balsa."

"Los centuriones escupieran em el rosto de Nuestro Señor Jesucristo."

Aguinaldo não alcança o duplo sentido das palavras do religioso. Os termos *esculpir* (fazer escultura, em português) e *escupir* (cuspir, em espanhol) permitem o trocadilho em zumboli. Embora não dê conta, ele se reporta a uma cena do passado, antes da Inundação, em que o pastor da Bola de Fogo chutava e cuspia numa estátua da Virgem.

"Los que afundaram el país inominable fundaram esta Bolivana-Zumbi."

Fundar/afundar, novo trocadilho do Fray. Desde aquele tempo algo lhe dizia que os crentes trabalhariam pra afundar mesmo, destruir as referências pra depois fundar um país sem barrocos, sem rococós, sem cultura. Sem Igreja católica. E assim o fizeram, os biltres. Dizem que o Fray caiu na mendicância devido ao abandono de um amor de convento, a freira em quem depositou esperanças e que o trocou pelos chamegos da madre superiora. Não é verdade, nem podia ser: os conventos não eram mistos, aspirantes a padre ficavam no monastério de rapazes, e as a monja, no seu próprio. Ninguém sabe da vida do discreto frade que paira entre os noias não como compartidor de desgostos, mas um incenso a perfumar aquela coisa deletéria que é a vida dos miseráveis. Especulam.

De fato houve um o amor da juventude para Luiz de Atahualpa, num vilarejo do Ande boliviano. Remédios. Os pais de ambos os haviam consagrado à Igreja, e assim que Luiz foi estudar no convento, em La Paz, ela também rumou a uma instituição de freiras. Juraram amor eterno, que ao voltarem casariam, não era plano de qualquer deles, naquela adolescência hormonal, a vida monástica. Nas terceiras férias, contudo, Luiz havia feito os votos de castidade-obediência-pobreza e se, no depois, Remédios acabou por fazê-los também, os fez de fachada, sabido e comentado que ela era a predileta da madre superiora. Não se conformou em ser trocada pelo Deus-Pai, consagrou-se a seu modo. Luiz achou de esperar o mundo platônico, era, afinal, um agostiniano, sabia das ilusões passageiras deste plano denso e nada ideal. Ela não discutiu, guardou aquele amor para um futuro eterno do qual nem tanta certeza tinha, e resolveu acalmar os instintos por aqui mesmo, com a Ísis-madre.

Aguinaldo, depois de duas tragadas na marica, abre-se em confissões para aquele asceta que o hipnotiza.

"Yo olvidei em absoluto como era el rosto de mi padre."

"Yo lo sei, filho. Quiseste olvidar el rosto de tu padre natural, es compreensible. Mas el Padre cujo rosto não se puede mirar es outro. A tu padre carnal uma hora lo tenerás que mirar em sus olhos. Ele puede estar bien cerca de usted."

Depois desse dia passou a ouvir a sabedoria do frade mais amiúde.

8

Sem amor, Renata assassinada, sente a pata do rinoceronte branco sobre o peito. A vida ao lado de Dulce é um inferno. Julgava que o animal estivesse extinto no tempo do pré-águas, foi extinto, claro, caçado de forma impiedosa, seu chifre a salvação de uma multidão de brochas, mas está voltando, talvez o mundo se salve, Neto jura que viu um dodô outro dia na Ilha de Nova Cintra, sucuris aparecem nas cidades, onças. Mas o rino é ainda metafórico, que essas espécies voltem mesmo, tomara que o homem se vá do planeta e elas fiquem. A criação do Neto é o único que lhe traz alegria. O filho voltou da China, trâmites finalizados, há esperanças de que o amor, esse combustível da vida, ainda lhe seja possível, embora não mais o carnal. Dane-se, está velho mesmo.

Dona Auta, a preceptora do Neto, fez uma reclamação disciplinar, o menino é impossível, disse, imaginem, que Jesus Cristo era a favor do corte de árvores. Ele e Dulce são convocados à escola. Como não se estão falando, ele e a mulher, escreve um bilhete:

> Dulcita, que este puto de este chico foi falar em la escuela?
>
> Aguinaldo

A mensagem ficou à espera de leitura. Tomou a lancha e partiu sozinho pro ferro-velho, decidido a não mais dirigir palavra à mulher, o que se viu obrigado a rever pela noite —

ela o esperava, dizendo que a culpa era dele. O moleque não parava de ler aquelas *mierda de livro*, igual tu namoradita, que Dios la tenga e, aliás, lo que ele falou en la escuela tiene um fundo de verdade, Jesus no era mesmo carpinteiro? Era, mas no tenemos que ver com isso, em el tiempo de Jesus havia árbole, Em nuestro tiempo havia também, carajo, Sim, havia, mas tanto cortaram que deu la mierda que deu. Jesus hoje no puede ouvir falar em cortar árbole, y cale la porra de tu boca, quieres desgraciar nuestra vida.

Acabaram na cama, a troca de impropérios despertou o desejo. Há tempo não obtinham um coito satisfatório, tinham-se prometido nem falar mais, quanto mais se pegarem. Agora, na raiva, uma chama por reacender, talvez pudessem daqui pra frente, embaixo de xingamentos e tapas na cara. Isso até Dulce perceber o jogo e dar retorno, Ah, assim que te gusta; e plantar-lhe nele também um bom tabefe, No, para, carajo, está louca. E amuou. Numa coisa ela e Renata convergiam, tão humanas.

O que sabe é que a depressão lhe achata o peito contra a cama e só levanta na manhã seguinte por necessidade fisiológica. Encaminha-se ao banheiro, senta em lótus no vaso branco e arroja uma flatulência sincopada, o cu modula com a próstata um sopro econômico, represado. Júnior, da sala onde solfeja o violão, pensa ouvir um trompete com surdina, até concatenar com o peido paterno leva o tempo de uma frase melódica. Ele e Neto caem numa risada desbragada, diz ao menino que é possível escrever uma partitura com tão longa frase, ensina-o numa pauta de cinco riscos onde pinta bolinhas pretas. Do banheiro Aguinaldo ignora a risada de sua geração, está um velho mesmo, uma derrota, igual à humanidade, igual ao mundo, atolado, submergido. Não vislumbra possibilidade de obter o divórcio, Eclésia fez norma pétrea, o desejo que julgava sentir por Renata vai-se esvaindo, no final das contas ela era só uma novinha, um tônico pra sua decadência, não tem mais saúde pra infantilidades. Agora que Dulce a matou quer virar monge, entregar-se à religião, mas no mundo de Eclésia a religião é outra forma de oprimir, outra pata de rinoceronte. Ele olha então à frente e acima, o cabide em aço inoxidável com dois braços metálicos. Estendida na peça uma daquelas toalhas grandes que faziam a apoteose do banho da esposa, de algodão egípcio, sobre as hastes, cor-de-rosa, metade em cada braço, uma bola de pano encabeçando a engrenagem central do suporte. Deu-lhe a impressão de visão mística, uma santa de braços abertos com o manto róseo abençoando-o e dizendo que não ficasse triste. Julgou-se numa posição indigna para falar com uma santa, cagando, e tratou de se recompor. Limpou-se, deu a descarga e, então, ajoelhou à frente do princípio feminino de Deus; encontrara a Salvação. Eclésia, aquele Estado pentecostal comandado por pastores, juízes e promotores malvados, era o tabernáculo de um Deus misógino, que jamais admitiria a figura de Nossa Senhora Aparecida. Uma deusa meio asiática, indígena feito a mãe que o criou sozinho à revelia do deus-pai, que ele sabia existir mas nunca via, e nem queria ver, dizem que ver a face do Pai não é bom. Não à toa os eclesiais se divertiam em chutar, vilipendiar imagens dela. Decide esculpir em cedro a figura que o visitou no water closet. Fará uma Nossa Senhora e cultuará escondido, talvez doe pra igreja dos noias.

9

A Bola de Fogo faz, a cada três meses, uma festa de congregação. A esta Aguinaldo e Dulce não têm como faltar, fizeram termo de ajustamento de conduta e estarão na festa promotor, juíza, pastores, toda sorte de membros eclesiais, até o provincial, que não costuma faltar a tais eventos. Mais, o conjunto gospel que anima o baile da congregação franqueará uma canja ao grande músico Aguinaldo Odilon Hernández Júnior, recém-desembarcado da China, onde fez brilhar a excelência da música zumbolivana. Nessas festas cada igreja se esmera em sobressair mais que a concorrente, e a Bola de Fogo, a hegemonia ameaçada pela Cristo é a Questão, não hesita em promover comilança farta, regada a muita bebida para glória de Jesus Cristo, eis a função suprema do vinho.

Dulce abre o baile, requebrando sua bunda torneada em performance solo no meio do salão de mármore. Ainda conserva o gingado dos ancestrais, samba bonito, é sensual seu remelexo, sapateia miudinho. Outras senhoras se animam e começam a esboçar um requebrado nos cantos do salão, nenhuma, todavia, arriscando-se a dançar no queijo. Quem se lança é ninguém menos que Antônio Naves, bêbado e sentimental, que viu uma oportunidade de afrontar o rival encoxando sua amada sob auspícios da Eclésia. Ele se levanta e faz uma mesura à frente de Aguinaldo, pedindo-lhe permissão para dançar respeitosamente com sua esposa. Antes que conteste, e ele sequer teria condição de negar o pedido do próprio provincial, Naves toma a mão esquerda de Dulce com sua direita e saem dançando, captando a atenção de toda a assembleia de cristãos.

Ninguém percebe quando Júnior força o pai a tomar uma atitude e ambos vão retirar a matriarca, a quem sequestram dos braços de Naves, sob protestos da turba dançante. Já em casa, no quarto, Rei Aguinaldo I dá um solavanco no ombro da rainha adúltera.

"Vagabunda."

Aplica-lhe um soco no peito e recebe de volta, depois de alguns segundos de meditação incrédula, uma cabeçada no próprio, que o leva ao chão. Dulce jamais aceitou apanhar de macho. Começam então a chorar e a falar, em português americano, sobre saudosismos, a criação do neto, a preservação da memória afetiva, que nunca se deviam ter traído mutuamente, que será que aconteceu, se era pra vida toda, será que a vida acabou e nós não vimos. Em português, como falaram noutro tempo. Fazem sexo como antes da Inundação, ela molha Aguinaldo, ele se alegra em ter de volta a mulher que repudiou por uma mendiga, dá-lhe uns tapas de amor na cara, ela gosta, morde-o, amam-se como dois bichos. Depois do sexo vão assaltar a geladeira, comer carnes, frutas, massas, beber vinhos, sobremesas, chantilly nos seios, no grelo, até um charuto compartem no depois, e licor, e café. Dormem abraçados entre secreções, que sequem em nossos corpos e nos grudem de novo.

Ele acorda falando, pior, pensando, em zumboli, esqueceu a noite de amor e, mais uma vez, o idioma primordial. Uma tristeza paquidérmica lhe afunda a pata sobre o peito, tem raiva de estar ali, com a louca, não se conforma de ter perdido Renata. Dulce, satisfeita dos desejos e prazerosa, que o prazer não é senão a satisfação dos desejos, neste momento satisfaz um último, premente: caga. O chacra da base, como lhe explicou a mestra da gravação de iôga com *o* fechado, soltou-se, ela gozou reiteradas vezes e comeu bem, agora o intestino funcionou, e é feliz produzir matéria, devolver pra Natureza esse presente. Enquanto arroja o segundo torpedo contra as águas que lambem a margem de porcelana do water closet, Dulce exulta. Aguinaldo está entrando na suíte quando presencia o nirvana, ela ri de olhos fechados.

"Qual la graça?"

"Estoy feliz. Leve, suelta. Devolvi a la Naturaleza tudo lo que me ha dado."

"Tu oferenda hiede."

Tudo fede. Tudo voltou a ser como era, estão de volta a esta vida pós-tudo, mas pra Dulce nem faria diferença; tocaria o barco. A balsa.

"Tu mendiga no podia ter usado la palavra indigna comigo. Brazuca. No soy aquilo que ha falado. Se todavia quedamos aqui es por que no somos aquilo. Mereceu morir."

"Foi em um momento de ódio. Cometeste um crime desproporcional."

"Lo tanto que el crime de ela. Yo seria julgada y quitaria la peña, ela iria pendurada a la árvore. Era solo uma noia de mierda."

Impossibilitado, pelo peso que lhe oprime o peito, de contestar mais, Aguinaldo balança a cabeça e vai pro banheiro social. Dulce sai da suíte, medianamente higienizada, vai à geladeira, de onde tira um bife, que acomoda entre o púbis e a calcinha. Disseram-lhe, terapias alternativas, que deixar o bife por sete horas em contato com tal região, e depois servi-lo ao amado, resulta numa paixão/servidão. Já afastou a rival em definitivo. Quer seu homem, sua balsa, sua vida de volta. De noite, no culto da Bola, o pastor repete, em êxtase:

"Que Jesus nos libre de todo el feitiço, de todo exu, de toda la macumba, aleluia."

Ela grita como todos os irmãos, aleluia, e nem acha acomodar um bife no púbis incompatível com sua fé em Eclésia. Jesus é dialético, quer mais é prosperidade.

10

Para pescar manjubas Aguinaldo ensina o Neto a forrar o anzol com um naco de carne de camarão. Os peixes vêm à ceva em cardume. Voltou à sede do ferro-velho pra buscar mais isca. A sucuri, amoitada numa touceira, aproveitou o momento e de bote colheu a perna do menino. Buscava se enrodilhar no corpo quando sentiu o rabo preso por duas torquesas, as mãos de Almirante. Grande o suficiente pra engolir um cachorro, com esforço daria conta de comer uma criança. Almirante estava no limite — largasse, era o estalar dos ossos. De ouvir a gritaria o avô veio correndo, a ponto de ver a cena e pasmar, sem saber que fazer. Almirante comandou.

"El facão."

Apontava com os olhos a bainha presa no cinto. Aguinaldo despertou a tempo de sacar a arma da cintura do colaborador, indo quatro metros adiante, na cabeça que mordia a perna do menino. Decapitou de um golpe e o corpo rebojou feito elástico, desfazendo-se em últimos espasmos. Abriram de alavanca as mandíbulas da cobra, lavaram a ferida com álcool, bicho da boca podre é sucuri, avô e neto chorando, passado o susto, abraçados. Almirante, sereno, seguiu no comando.

"Va tener que avisar el provincial. Foi legítima defensa."

"Foi sim, yo voy assumir. Mucho obrigado, Almirante, Dios te pague."

Tranquilizou o noia, tinha-lhe salvado a vida do neto. Se a ele fosse imputada a morte do animal sem uma justificativa seria sangrado de ponta-cabeça na primeira árvore, sem mais argumento.

"Quien cortou la cabeça fui yo."

Almirante se afastou. Do corpo da cobra, sem que avô e neto, ocupados em soluçar, dessem conta, sacou um metro e meteu embaixo do braço, enrolado num saco. A carne desses bichos é apreciada no mercado clandestino.

A visita de Antônio Naves não foi protocolar. O próprio Aguinaldo se apressou em convocar o dirigente supremo a ver a tragédia e orientar providências pra que tal espécie de fera se mantivesse em lugar seguro tanto pros sobreviventes quanto pra ela própria, que a sucuri era digna de sobreviver no planeta como qualquer criatura de Deus. Fora obrigado a matar em defesa de seu descendente, mas sentia uma tristeza imensa por tirar a vida a um bicho tão lindo. O inquérito eclesial foi arquivado depois das burocracias de praxe. Uma cobra fêmea de três metros, segundo o relatório, que ignorou aquele metro surrupiado, faminta e em local próximo a uma comunidade. O que a fizera vir da brenha do mato caçar filhote humano era coisa a investigar.

Na paz da tarde ensolarada na Ilha de Nova Cintra, churrasqueira acesa, a família congrega, que bom não ter sido comido o menino, que bom terem deixado de ser pobres, que bom não terem morrido no apocalipse, que bom terem uma piscina de água doce em meio a este calor infernal, este mar salgado. Determinadas alegrias se projetam face às correspondentes desgraças.

"Bueníssimo este peixe, Dulcita. Qual es?"

"Sei el nombre no. Almirante que ha pescado, va perguntar a ele."

Ela sabe que as postas que churrasqueia são de sucuri. Há um prazer redobrado em comer a carne do inimigo, aquela cobra podia ter-lhe levado o de mais precioso, é justo e necessário que se a coma. Mas não precisa o marido saber, teria um surto, vive com medo de perder a posição, herança da classe média do pré-águas. Uma vez comida e cagada a sucuri, nada restará de prova.

11

Cortar o cedro é uma incumbência perigosa pra Almirante. Desde o princípio da nova sociedade, quando encontrou a muda no meio do mato e ofereceu pra Aguinaldo, eles vêm cuidando. Há alguns anos era um arbusto promissor; hoje, à força de podas, adubações e outros mimos está um tronco linheiro, arroja-se pro céu, sobressairia do meio da mata não fossem as árvores que o circundam tão altas quanto. A noite é de lua minguante, o corte deve ser feito logo, e não se trata de Almirante fazer sozinho, seria fácil e seguro pra ele, conhece os horários dos ambientais, problema é o patrão querer cortar pessoalmente, não pode se furtar ao prazer de abater o pau. Arrodearam de fita métrica, um diâmetro de metro justo, magnífica tora. Necessário cortar numa noite, sem machadadas, sem uma barulhenta motosserra. Alternativa foi a serra de fita que Almirante adaptou pra uma junta de homens operar, cada um de seu lado, puxando pra si. Em menos de três horas deu sucesso, a árvore veio abaixo. Livraram-na dos galhos da copa, picotaram tudo de forma a cobrir o cadáver de madeira com folhas, e voltaram pra balsa, em silêncio. Passado o tempo de escorrimento da seiva, para o que a lua minguante contribuía, voltariam, aí era seccionar em pedaços trabalháveis e remover pra lugar seguro. Almirante inventou a serra de fita, tem enxós e plainas que achou nas carpintarias de Atlântida; é o fornecedor que alimenta os vícios de Aguinaldo, de Dulce, de todos. Seria considerado criminoso no tempo antigo, quando a rede de comércio clandestino era tão poderosa quanto a oficial, e o capitalismo se mantinha graças a ambas. Os traficantes de antes eram protegidos por políticos específicos, os de hoje seguem garantidos pela própria estrutura religiosa.

Dulce surge de salto alto, as coxas anabolizadas, peito estufado de silicone e arrogância. Acaba de sair da academia, cabelo alisado num loiro platinum, blusa colada, tão colada quanto a bermuda de lycra, tudo realçado por um tênis psicodélico. Vai a Almirante e combinam de visitar a clareira onde o bezerro engorda. O capim abunda, sal, complementos, ração enriquecida; é um tourinho mimoso, conhece a dona, manifesta alegria quando a vê. Mais seis meses e estará no ponto de abate. Quase dá pena matar um filhinho lindo assim.

Aguinaldo admira os pedaços do cedro que transportaram, ele e Almirante, pro depósito do Old Fashion. Tiveram que seccionar os sete metros e meio de tronco em quatro pedaços, dois de dois metros, dois de metro e meio. Um desses menores reservou para esculpir a imagem que vislumbrou do water closet. O Fray explicou que tinha vivenciado uma epifania com a Virgem.

No mundo pós-Inundação a arte da escultura se fez agregar de uma ferramenta revolucionária, a impressora 3-D. Não que se tenham abandonado cinzéis, formões e malhos, mas estes agora vão acoplados ao terminal de uma dessas máquinas que transmitem ao material bruto o acúmulo de experiência artística com que o autor tenha alimentado o programa de esculpir. Aguinaldo insere no computador o escultor que é. Informadas as dimensões da tora deitada no leito da impressora, começa a transferir dados sobre Aleijadinho, fotografias e mesmo duas ou três estatuetas adquiridas de noias pescadores de relíquias, obras que, se não eram do próprio Lisboa, tratava-se de coisa muito bem imitada. Os rostos angulosos, olhos melancólicos e suplicantes, toda a dor do Barroco, o sentimento de uma catolicidade submersa — ele joga tudo nos dados pro seu programa. Joga também influências de Michelângelo e Rodin, os livros que leu, as músicas que ouviu no mundo do pré-águas, o choque da Inundação, suas digitais. Vai surgindo a Nossa Senhora de braços abertos, o manto, o coração exposto, a coroa flamejante, os olhos.

Todos têm seu computador pessoal, mas a impressora 3-D é aparato da Eclésia, comunal. Portanto, há que se comunicar a que se pretenda dar forma; é proibido esculpir santos, a teologia oficial abomina imagens. A burla desse preceito mandamental só se pode fazer com auxílio de algum eclesial de peso, mediante corrupção, e este deve ser Antônio Naves, não vislumbra outro. Talvez Jefferson, podia chantageá-lo, mas esta empresa é santa, julga melhor usar Naves, seria menos vil de sua parte. Deve-lhe favores, fez-lhe um agravo no baile, excedeu-se. Ele pede à mulher que use de sua influência, até onde sabe forte, sobre o rival, afinal até autorização pra volta do filho da China ela conseguiu. Dulce obtém a liberação dizendo que o marido vai fazer uma daquelas peças naïf gigantes pra ornar a sala do casal.

"Está bem, cariño. Faz de cuenta que yo acredito. Qué ganho em troca?"

"Voy a te dar gostoso arriba de la estátua quando mi marido va trabajar."

Assim se faz. Ela, querendo reconquistar o marido, usa Naves. Naves, vassalo natural, deixa-se usar. Só recomenda a aquisição de uma escultura mais ou menos daquele tamanho pra substituir a que de fato ia ser feita, qualquer bobagem daqueles contêineres que vinham cheios de badulaques do

Oriente pra enfeitar as residências da classe média do pré-
-águas. Aguinaldo compra um horrendo rinoceronte de Bali, do tamanho aproximado da tora, e Dulce decora o living com a peça. Aproveitando a ocasião, faz selfies nua sobre a escultura e manda pra Naves, que fica alucinado; tem que admiti-lo em casa numa das manhãs de trabalho em que o marido sai. Fodem a cavaleiro no rino, Naves indo à loucura. Valeu a prevaricada.

12

No antiquário, Neto no colo, o avô dá uma guloseima, tenta negociar a delação premiada:

"Que hideputa este nieto de dueña Auta, hein? Voy pedir que dele uma sova de palmas. Que te foi ele dizer?"

"Nilton disse que la abuela te está corneando com don Naves" — o doce solta as palavras do menino. O avô saca do bolso outro chocolate, balança nos dedos.

"Quieres?"

"Ele raqueou umas conversas entre los dois. Yo li, la abuela disse que gusta que lhe chupem el coño, que tu eres um troncho que não jode com ela, y que gusta que don Naves lhe joda el culo com força y..."

"Stop. No quiero ouvir más. Tienes estas conversas gravadas?"

"Sim. Custam um paquete de chocolates y três dias de fuelga em la escuela. Em nombre de Jesus."

Neto estende a mão e o chocolate pousa na palma com qualquer desgosto, mas pousa, trato é trato. Aguinaldo começa a chorar de ódio. Está tomado. Em meio a pensamentos ruins começa a golpear o cedro com formões, tira o tronco do leito da impressora e o vai finalizando à moda antiga, a ver se chega nas perspectivas da santa que se apresentou na epifania do banheiro. Entre os golpes ele olha pra porta e a vê: Maira.

"Pois no?"

"Mirava su trabalho desde mucho. Me encanta."

Tudo parecia dizer-lhe que conhecia aquela mulher *desde mucho*. Ela, a um convite mudo, feito por um meneio de cabeça do escultor, senta-se ao lado, com um sorriso beato. Na beatitude do sorriso ele sente que, houvesse uma santa, um princípio feminino de *Dios*, seria daquela forma, a daquela mulher. Pede então que pose, não havia um paradigma pra sua escultura, fazia por intuição até então. Agora ia fazer por Revelação, o que é bem superior.

13

Em alguns dias a santa surge do cedro. Aguinaldo postergava o final, pensava que Maira não apareceria mais se concluído o trabalho. A cada sessão ficavam conversando aquelas coisas de sempre, de todo o sempre pelo qual se conheciam. Logo começaram, no bistrô, a tomar o vinho dos amantes, a fina gastronomia das almas que se entendem. Ela dividia a conta, dividia o fardo da vida, ao mesmo tempo uma companheira, feito Dulce, e amante, igual a Renata, ambas das quais se conseguira livrar enfim. No dia dos últimos talhos no cedro espirraram os cavacos que impediam aquela tora de ser uma santa. A tristeza de abismo tomou conta da alma do escultor, como se houvesse terminado um romance, como se houvesse submergido o mundo de novo, com Língua e tudo, e se perdesse a capacidade de comunicar. Ele e Maira foram então beber; não falou de seu medo, trancou em si todo o horror da existência, que não lhe sabia engraçada. Embriagou-se além do devido e pediu pra fumar crack. Maira assentiu.

"Fuma, cariño."

Queimou a pedra, mas seu organismo não aguentou a pressão interna — semiacordado, vomitou nos braços da amada. Por mais sentisse vergonha, o alívio por expulsar tanto sentimento represado, abraçado àquela aparecida, o conduzia a um estado de beatitude. Chorou copioso entre os seios de Maira, que o limpou sem dizer palavra. Passado o porre, sob o chuveiro, ela o deixou só pra que recolhesse o que sobrou das roupas, se recompusesse. O bolo que precipitou ele começou a desfazer sob o jato da mangueira do chuveiro, até diluir todo o azar de sua vida. Sobrou, esgotada a sujeira, uma pequena peça de metal, semelhante à cabeça de um parafuso, ao lado do ralo. Abaixou-se, ainda tonto, e tomou aquele estranho objeto, um circuito integrado, com certeza. Os chineses o deviam vir monitorando há muito tempo, estava livre. Expeliu o chip que informava à Eclésia tudo sobre si.

"Agora me caso contigo."

Explicou que o podiam fazer só entre eles, o casamento perdera o caráter de instituição pública, pois já não havia uma humanidade, um Registro Civil, uma Igreja, tudo afundara, eram os dois e só. Eclésia era um coletivo fantasma que monitorava fantasmas individuais e aquele chip, do qual se livrara, não mais informaria a um Estado perverso, ao Big Brother, ao Cão, nada sobre sua vida. Estava livre de obrigação, agora era viver o amor. Ela olhava com olhos bondosos, assentia, Sim, era um chip, cariño. Sabia que a cabecinha metálica era só o ilhós da calça que se soltara.

14

Acorda ao lado dela. Dormiram de bocas semicoladas e o hálito lhes parece doce, precisam se respirar mutuamente. Ele sente pungir o falo de maneira desmesurada, como fosse explodir numa apoteose de fogos de ano-bom. Maira reage amorosa, a energia de sexo que dela emana, o casamento abençoado pelo Fray na igreja dos noias, onde se mantém a chama de Jesus Cristo, o Verdadeiro. Renata é um espectro que vai-se dissipando. Dulce, então, essa é uma miragem do passado, um mundo que não existe mais, afundou, dela guarda somente um sentimento de gratidão por tudo o que viveram. Mal imagina que ela o tocaia naquele exato momento, monitora o novo adultério, que corre a informar à Justiça Eclesial.

Mal se vingava de Aguinaldo, vivendo um romance que nem queria com o pegajoso Naves, e o marido lhe aprontava novo desempate. Agora com uma santa católica, de onde teria vindo aquela aberração? Não hesitou em levar à barra do tribunal santo sua denúncia, novamente pedindo a fortuna só pra si, o que julgava fosse demover o marido de seus ideais românticos. O promotor Jefferson está à frente de Aguinaldo, no foro, dizendo que vai orar e jejuar até ele ser condenado e perder tudo em favor da mulher. A juíza Edilene, com modos de cunhada sádica, franqueia a palavra, que o réu conteste a acusação. Ele pede permissão de transmitir os dados de uma conversa que traz gravada no foneportável, Qué conversa? Entre mi mujer y su amante. O promotor intervém, Prueva obtida ilicitamente, não es cristão isso, Não es cristão orar y jejuar para encarcerar um hombre, hideputa, tambiém tenho el testemunho de mi nieto y mi filho, y el amante es membro eclesiástico como ustedes y nosotros, y todos frequentamos o seu bistrô clandestino. O promotor se vira pra Dulce, ela faz cara de moita, Quiero um nuevo acuerdo, diz. Saem do tribunal com outro termo de ajustamento de conduta, por força do qual se destroem eventuais gravações e se apaga a queixa formulada. E que cada qual viva suas aventuras, isso fica subentendido.

Na primeira noite de amor após essa homologação da liberdade ele, tomado de um surto poético, dirige-se a Maira na língua morta:

"O abençoado conserva a energia do amor. Deus sustenta ele pra que ame sua companheira."

O homem é abençoado quando tem potência para amar sua mulher. O homem que tem fé conhece o futuro, e não importa se o português zuca parece errado, Deus *sustenta ele* e ponto final. Maira ri da epifania, falada numa língua inculta e bela, com erros de sintaxe e de concordância, mas poética. Ela sorri de amor e logo fecha os olhos. Como não se mexe mais, Aguinaldo a sacode. Quando vira já a sabe morta, um punhal bem cravado nas costas, sangrando aquele coração imaculado. Da janela Dulce ri de escárnio. Ele grita:

"Tu matou ela."

"Matei e mato quantas apareçam. Até que a morte separe a gente."

"Mas se já estamos mortos."

Falam uma língua tosca. O novo homem é um bruto, um primário, o Mundo Novo, o desses crentes de boa vontade, se formou de grilhões morais e arte nenhuma, nenhuma literatura. E deles só vai restar o que deles foi escrito.

PARTE V
Mamãe natureza

1

Corre o ano de 2017. O casal Ladislau e Oswaldina gerou dez filhos. Das cinco meninas, Ondina é a mais bonita. Os cinco machos estão distribuídos entre Rio de Janeiro, Paraná e São Paulo, dois deles operadores de guindaste, um cabeleireiro, do outro não se sabe, andou por São Paulo numa empreiteira, a última notícia foi que o levaram pra trabalhar em Angola. As filhas, três delas (Divina, Edivânia e Edilene) chegaram a estudar fora, as duas primeiras casaram, Edilene seguiu carreira acadêmica, dizem que é até juíza. Júlia, a quarta, é daquele jeito, faltou oxigênio no cérebro durante o parto, criança de dois anos num corpo de dezoito, aliás, belo corpo, que o velho vigia pros vagabundos não abusarem. Agora, belo mesmo é o corpo de Ondina, a mais parecida com a finada Oswaldina, que Ladislau emprenhou consecutivo e que morreu escavacada, deixando pro marido uma escada de dez degraus por varrer todo dia. Ele se arrombou de trabalhar, mas criou tudo.

Ondina, bom corpo e cabeça boa, no que se sobrepunha à irmã Júlia, era também objeto do desejo dos vagabundos abusadores. Como ela se podia defender, o velho Ladislau fez prioridade de vigilância à deficiente. Foi por onde um vagabundo, atento ao descuido do patriarca, assediou a melhor filha, desfrutando com ela de tardes magníficas sob o pé de jurema lá no fim da malhada de mandioca.

2

Negada a bolsa pra Ondina, com o nascimento da filha, em 2018, a família ficou sem renda. Estava se tornando moda no país aqueles que não queriam aprender a pescar fazerem filhos pra se sustentarem com dinheiro do imposto da classe média. Pelo menos era essa a cantilena ouvida no Sul em represália àquele Nordeste que, se antes fornecia mão de obra barata, agora se havia tornado um escoadouro de recursos. O velho Ladislau, irado com a vergonha, e ele era daqueles que ainda achava uma vergonha filha solteira desonrada, expulsou Ondina de casa com neta e roupa do corpo. Pra ele tampouco haveria bolsa-família, a situação piorava a olhos vistos e não só no Nordeste, o país estava falido, golpeado, não tinha pra sustentar pobre. Talvez que tivesse errado na criação de Ondina, tão bonita, fogosa, o bando de machos arrodeando, acabou no que acabou, barriga, neta.

Dizia-se, no idioma daquele tempo, que quando uma pessoa se via desamparada, numa situação de abandono, estava *na roça*. Ondina não estava mais na roça, antes, havia dela sido expulsa pra uma vida urbana deplorável, onde a beleza de pouco ia adiantar e, se adiantasse, seria pra zona, o que não pretendia. Caiu em Cubatão, amigou com Denival, ele criou a menina Dulce como sua filha e ainda fizeram mais dois, dele mesmo. A vida seguiu conforme, Denival montador de andaime na indústria, correndo trecho, que em Cubatão a coisa estava péssima, siderúrgica fechada e refinaria quebrada,

Ondina fazendo um bico ou outro em casa de família, levaram assim até a fase adulta de Dulce que, aos dezoito, fichou na empreiteira de limpeza que operava na fábrica, de sorte a ajudar no orçamento familiar. Foi lá que ela conheceu Aguinaldo.

3

De macacão azul-marinho, capacete e óculos industriais Aguinaldo foi apresentado ao trabalho fabril num ritual de admissão:

"Aguina, fica aqui do lado do Nego-Veio. Agora abre os braço."

Obedeceu, a hierarquia o compeliu a fazer o que o líder de unidade mandava. Agora seu nome era Aguina, ali tratavam-se por apelidos. Estava batizado. Postou-se, como pra uma fotografia, ao lado do José Antônio.

"Agora, Nego-Veio, tu avoa."

Numa única boçalidade o líder ridicularizou dois subalternos, chamando a um corvo e a outro espantalho. Quando saiu, Nego-Veio, estoico, imune a piadas racistas, chamou o novato ao vestiário: acabavam de entrar ali a coroa da limpeza com a novinha que tinha começado aquela semana. A coroa pegava no pau dos funcionários e se deixava bolinar, diziam que sua boquete era a melhor do mundo, desde que sacada a prótese dentária. Da novinha, embora roliça, Aguinaldo gostou, e seguiu o companheiro que, logo de entrar no vestiário, se atracou na mais velha. Sobrando-lhe Dulce, ele encabulou, não soube direito o que fazer, e nem ela se prestava a sacanagens. Não era puta, foi logo adiantando.

"Desculpe, nem ia mexer com você."

"Acho é bom."

Essa pretensa hostilidade logo deu lugar à amizade. Eram dois neófitos numa confraria macabra, iniciados a contragosto.

Da cerveja com sarapatel no Itabaiana, que combinaram pra depois de um daqueles primeiros expedientes, começou o namoro, dali o casamento, a prosperidade, a academia, a esbelteza. Hoje Dulce dá graças pela existência de obesas no mundo, só assim, por negativo, consegue se situar, dane-se que é carência ou necessidade de autoafirmação. Nos tempos de juventude, quando o casamento prometia vida farta, ela começou a se comparar com as outras moças da faxina e, tão logo superou-as, podendo até contratar algumas a trabalhar para si, tratou pior do que o dono da empreiteira a havia tratado na admissão. Agora começou a observar mendigos, sua miséria. Sai derrotada, a imagem de Renata com seu homem não sai da cabeça.

4

Dulce ganhou, no encerramento de um ano escolar, o título de miss simpatia. Podia ter um corpo abaulado, mas o rosto era angelical, pelo menos. Sharlene foi miss bumbum, Lindinalva miss sutiã, meninas de onze anos, cada uma levou um título por atributo erótico. Odiava o qualificativo *simpática*, mas se agarrava a ele naquela infância de perseguições e bullyings, algo de positivo tinha, ah, se tinha, e podia melhorar, sempre.

Evita os carboidratos, pratica uma tal dieta cetogênica, toda à base de proteína animal. Com isso, tem-se tornado um tubarão, carnívora. Bate-lhe a fome selvagem, corre ao quintal, ver a arapuca. É uma armadilha rudimentar, indígena, mãe que ensinou a fazer. Várias taliscas de bambu, as quatro primeiras com um metro de comprido. Mais quatro com noventa centímetros, quatro com oitenta e assim adiante até duas menores que um dedo. Com esses jogos, de quatro em quatro taliscas ia montando a pirâmide: cruzava em xis dois arames, amarrados nas extremidades das maiores. Abaixo dos arames colocava, em perpendicular às primeiras, outras duas, depois, em alternância, ia enfiando cruzadas taliscas menores, formando uma figura quadrilátera, os arames começavam a se retesar e, no fim, colocadas as duas minguinhas, metia um pedaço de toco no cimo de modo a travar. Era uma arapuca leve, de bambu, mas suficiente para encarcerar uma ave do tamanho de um frango. Com um jogo de forquilhas e barbantes suspende uma das laterais da arapuca, de modo à presa entrar e buscar a isca que, bicada, fazia desarmar, enjaulando-a. Vinha de olho no macuco, o ninho na mangueira do quintal, essa fauna começa a retomar os limites urbanos, sem medo do Homem, agora um aliado, por imposição chinesa, ou melhor, por imposição da sobrevivência, que a China e sua subsidiária local, Eclésia, são meras fiscais de nossa fome assassina. Quem nos governa é o medo da morte.

5

Antônio Naves flerta com a livre-iniciativa, embora goze de posição estatal suprema. Vivendo de um vencimento acima do padrão, não se furta de criticar a ausência de liberdade imposta pela Eclésia, a limitação de ganhos imposta pela China comunista e toda a lenga-lenga de um liberalismo tardio. Dulce de alguma maneira concorda com Naves, embora saiba que isso fere o marido de morte. O filho cometeu, faz sete anos, um deslize populacional, foi obrigado a deixar o país, podia complicar se procriasse mais. Ainda bem que para os músicos a China não está difícil, Júnior não se vê trabalhando no exterior em regime de semiescravidão e sonhando ser um empresário de sucesso quando voltar. Dá notícias de felicidade, lá prezam demais o ritmo zumbolivano, músicos têm um tratamento equivalente ao de eclesiais aqui, e lá copula à vontade, sem preocupar de povoar as vastas planícies orientais, talvez faça mais filhos, na China de agora pode. À população das terras que não compreendem a China geográfica, as colônias, não é permitido superar o número fixado de dez milhões de almas. Estima-se que intramuralhas vivam hoje cem milhões de chineses. Em Bolivana-Zumbi a cota está perfeita. Se Renata tivesse o bebê, cuja paternidade era mais incerta que o futuro do planeta, Dulce estava pronta a denunciar que o pai era seu marido. A posição eclesiástica e o ferro-velho seriam insuficientes à salvação da pele de Aguinaldo, teria que ir pra China a tal altura da vida. Ela sofreria mas se sentiria vingada, podia até dar esperanças pra Antônio Naves, embora nem goste dele.

Júnior está pra voltar, já pode, isso porque a mãe de seu filho virou comida de peixe. Seria Dulce feliz sem Aguinaldo, só com a maternidade acrescida de um neto, que é maternidade ao quadrado. Pensando bem, com essa baixa nem precisava deportar o marido pra China, não haveria alteração de demografia. Era raiva mesmo, por esse caso de agora, nunca ligou pras infidelidades, até do cabaré que o Old Fashion virou depois de sua saída ela sabia. Não tinha propensão ao promíscuo, cuidava do corpo e tudo, era apetecível, mas a galada quinzenal de Aguinaldo satisfazia sua necessidade, não pensava em despender energia ou dinheiro, que dinheiro bem havia, com algum garotão, bastava-lhe sentir-se ainda desejável, andou pondo uns silicones nos peitos, frequentava academia com parede de vidro, onde podia ser vista pelos passantes.

A sede da Bola de Fogo tinha começado nas antigas dependências de uma academia de ginástica, projeto megalomaníaco que um empreendedor local levou ao naufrágio ainda antes da Inundação. Não há melhor solução para imóvel abandonado em tempo de crise que virar igreja, e lá a Bola se instalou, tomando o requinte de preservar uma sala com aparelhos para os fiéis exercitarem o corpo, adequando-o a um espírito anabolizado pela fé. Mesmo assim, para Dulce alguns indicativos da idade se apresentavam, a taxa de açúcar no sangue roçando uma barreira que, se ainda não era diabetes, anunciava a visita. Uma turma de congregadas da Bola de Fogo andava a experimentar os tratamentos naturais, métodos de cura alternativos. Bem pra lá dos fitoterápicos, doses da própria urina eram a panaceia do momento, e embora Aguinaldo, que admirava aquelas irmãs naturebas, não tivesse ele próprio se lançado a tal experimentação, achou de aconselhar à mulher que provasse.

"Toma vergonha. Agora bebes mijo, já no chegava comeres mierda?"

"Hola, que mierda yo como?"

"Essas mierdas dessas tus putas. Agora hasta mendinga."

"No es mendinga, Dulcita."

A intenção foi corrigir a esposa, este o escopo da fala de Aguinaldo, explicar-lhe que se devia falar *mendiga*, sem o segundo ene, ou *limosnera*. Mas Dulce, que pensava adiante, não entendeu como pedagogia, e sim uma defesa da namorada clandestina.

"Quien vive em la sarjeta es mendingo, sim. Ela puede ser novita, universitária y el cacete, mas es uma mendinga jodida, nojenta. Yo sei que tu no eres santo, Aguinaldo, mas daí a deitar com basuras, va acabar me passando doença, hideputa. Quien gusta de culo de puerco es mosquito."

Havia tolerado uma procissão de concorrentes, às vezes irmãs de Eclésia, alguma nova-rica infeliz no próprio casamento que vinha, do casamento de Dulce, furtar a alegria de sobra. Agora dava sinal de conhecer cada rosto daquela legião de amantes anônimas, de saber minúcias das infidelidades e ter-se mantido superior, deixando-o achar-se o mais esperto dos traidores. Acusou o golpe, passou um recibo com firma reconhecida de que tinha sentido medo daquela inimiga com nome, sobrenome e até profissão: mendiga.

6

Irada, prepara um jantar especial, o prato de predileção do marido. Estende baixelas de prata, recuperadas de um apartamento na orla velha, cheias de crocante gordura pururucada. Não se deu ao requinte de levar o bicho inteiro à mesa com maçã na boca, como Aguinaldo gosta, mas pedaços. Ele come que se lambuza.

"Leitão de quintal, isso que es bueno. Delícia. Uma mierda esses de granja, sem gusto. Donde conseguiu?"

"Tu eres uma besta mesmo, mi amor. No está vendo que es uma paca?"

Um pedaço de carne de paca lhe entala a glote, ejetado com perdigotos. Se algum representante de Eclésia, seu vizinho Jefferson Tsé Assunção, por exemplo, descobre que andam comendo bicho nativo, perdem tudo e ainda vão pra árvore. Ele dá conta de que a mulher pode, se quiser, acabar com o pequeno império que lograram, e que ela mesma começou. Quem plantou a semente pode bem cortar o tronco.

"Tu eres doida, su hideputa? Quier acabar com nuestra vida?"

"Quierer no quiero, mas se tu continuas quierendo yo quiero junto. Soy tu alma gêmea, soy tu fêmea. Brinca comigo no, Aguinaldo."

Apesar da paixão pela noia, pela qual julgou a princípio ser capaz de largar tudo, Aguinaldo vê que não pretende abrir mão de estabilidade, ferro-velho, poder de ministro da Eclésia, coisas que o colocam entre o terceiro e o segundo estamentos da pirâmide. Viver de amor e uma cabana com Renata significaria virar noia, artista, cristão da teologia da libertação, devoto de são Francisco de Roma, toda essa ruína. Deixar Nova Cintra pra morar na catacumba. Hoje ele é dono, tanto da Nova Cintra quanto da catacumba.

Dulce é autora de uma série de crimes ambientais, aos quais se fazem vista grossa. Vive comprando tatu, quati, paca, palmito dos psicos. Há qualquer leniência da polícia ambiental, comandada por Antônio Naves, pra com ela. A mulher do irmão Aguinaldo satisfaz o apetite de onça duas vezes por semana sem maior interferência da Ambiental de Eclésia, afinal os bichos da mata têm proliferado até demais, é o que Antônio Naves pensa. Ele ignora os relatos de seus subordinados quando se trata de extravagância da irmã Dulce, pois a ama acima de tudo. Que mulher, que apetite.

7

O apetite bem a classificaria como candidata a penduricalho de árvore. Tem desejo incontrolável pela carne das caças, que nem tinha por amor, e sublimou. A arapuca está, ao longe pode ver, desarmada, um vulto negro cisca dentro dela, interessado nas quireras do chão e alheio ao cárcere que lhe trará a morte: um macuco. Sente um pequeno rio correr nas pernas, ensopar a calcinha, a boca enche de água. Ela mete a mão na arapuca, cata a presa, traz pra fora e pendura pelo pé num fio do varal. Sangra, cortando a jugular perto do bico, por baixo do maxilar inferior da ave e, enquanto o sangue se esgota numa tigela, acrescenta vinagre e bate feito clara em neve, obtendo uma mousse vermelha. Acha no ferro-velho uma lata quadrada de dezoito litros, deve ter servido noutro tempo pra tinta ou massa corrida. Como fosse uma noia qualquer, enche de água e bota a ferver entre duas pedras, acendendo cavacos. Fervida a água, depena o macuco, depenado sapeca no fogo, queimando resquícios das penas. Um bicho tão bonito, cinza e alaranjado, agora um triste frango de congelador, poroso, espinhento, os olhos fechados e a língua projetada pra fora do bico, como a morte torna indignos os corpos. A cabeça, em especial aquele bico encurvado, diferente do de um frango comum, denunciaria o crime ambiental. Ela podia ter destino parecido, pendurada pelo pé na mangueira, o sangue escorrendo e, mais triste, sem alguém que dele fizesse mousse. Para dar fim à cabeça alcagueta ela a separa do corpo da ave, esquarteja de facão e bota pra cozinhar na água que usou pra depena. Começa então um processo de transformação de carne clandestina em carne legal, algo próximo ao que em outros tempos se chamou lavagem de dinheiro, justificação de fortunas escusas. Ela saca, além da cabeça, os pés do macuco. Ficam as coxas eretas pra cima, gostava de ficar nessa posição pra meter. Do joelho seccionado ela aproxima sua faquinha cirúrgica, corta um círculo perto da articulação mutilada, a pele que envolve tendões, deixando a cabeça do fêmur livre. Então, procede ao destroncamento da coxa na bacia, estala como uma esfera que se desconectasse de um rolamento, a outra cabeça do fêmur se solta e o osso é sacado da carne. Igual operação na outra coxa, e avança aos ossos da sobrecoxa, extraindo-os da mina de carne como pepitas. Pernas desossadas, ela emborca o cadáver na tábua de carne, o sobrecu pra cima, triste rabeta, um triângulo de pele e cartilagem com um cravo pedindo espremido, lembra de como a chamavam na escola, Cuzinho-de-Frango, na adolescência redonda, quando as adiposidades abaixo dos sovacos tiravam todo o lustro de sua bunda magra. Hoje ela queimou as laterais na academia e a bunda saltou, a cintura afilou, sente-se gostosa. Sentindo minar água pelas virilhas, ela secciona o sobrecu da ave e joga na lata, com pés e cabeça e fêmures que já derretem. Então começa por enfiar sua faca-bisturi pelos flancos entre a carne e a ossatura do dorso do macuco, separando peles e músculos de uma estrutura de costelas. As carnes vão descendo feito um vestido que ela deixasse escorregar pra Aguinaldo em noite de gala, e a ossada vai surgindo como um obelisco. No final, quando todo o pano desceu, saca o esqueleto com um pescoço pendurado, este rebotalho atirado pra lata de modo a cozinhar também. Ela cata a *roupa* de cima da tábua, acomoda, esculpe com as mãos o bolo de músculo e pele reconstituindo uma forma de frango, enche a mão de sal com alho e enfia pela cavidade como se fosse Aguinaldo metendo a mão em seu rabo, vasculhando-a por dentro, sente o grelo endurecer e goza. Então enrola a ave temperada em papel-alumínio e guarda pra assar depois. Aos ossos que cozinham na lata ela adiciona fubá e faz um rancho pros cachorros.

Olha com nostalgia a fotografia de mãe, uma mulher madura, da mesma sua idade agora, ainda pulsando desejo. Hoje, anciã, veio morar com eles nessa vida nova, pra desespero de Aguinaldo. Era tão bonita, mãe, uma pedrinha brilhante encastoada no nariz, em volta da pedrinha a inflamação mal curada, uma aréola purulenta. Os braços da Ondina da foto estão cobertos pela manga comprida de uma blusa, apesar do calor que parece fazer. Já era no tempo em que toda uma legião de nativos se havia arrependido de ter tatuado o corpo inteiro, com a idade a pele virava uma história em quadrinhos mal desenhada. As gerações que sucederam os rabiscados abominaram a tatuagem, última tentativa, depois dos piercings e colares indígenas, do homem civilizado recobrar sua origem de bom selvagem. Nos tempos novos voltou-se à selva por imposição da Natureza, era isso ou morrer torrado. Não precisa mais tatuagem ou badulaques, não é tempo de metáforas, agora é vida. No alto da mangueira vê o peito carnudo da juriti e rearma a arapuca, quem sabe, que ave exuberante, o frescor de uma vida americana em estado puro. Por sorte não se miscigenou à colombina europeia, os pombos deram mais sorte que os homens. Pensando nisso, Dulce sente uma tristeza cuja origem desconhece, uma espécie de pânico, um medo de não sabe quê, pisca-lhe o baixo-ventre, depois do orgasmo da carneação esta última descarga elétrica. Põe-se a fazer meditação, deita num tapete de sisal e liga o aparelho de som. Uma voz portenha lhe dita:

"Ahora concentre-se no tchacra de su ombligo. Sinta la fuerça de la Naturalessa e a enerxia do mestre Xessus entrando como um rádio dorado pelo tchacra..."

Irrita-lhe uma argentina falando zumboli, busca a tecla de mudança de narrador e opta pelo português de Portugal:

"Egora vais r'laxaire e sentire qu'uma luz ezul t'invad'o corpo. Eshtica teush pésh e sent'a força, a energia qu' t' p'netra e dá-te a pash..."

Ela lembra as piadas de português, cai num riso nervoso, chegando às lágrimas por outra via. Só precisava mesmo era chorar, agora está mais calma. Volta pra casa, vai preparar frango desossado pro marido. Aguinaldo se esbalda, a gordura da pele escorre pelo canto da boca.

"Franguito de quintal, lindo, parece carne de guiné. Tu puede ser mala, Dulcita, mas yo nunca te voy largar porque tu cozinha mucho."

"No es carne de guiné, no."

O avô corta lascas escuras, o couro dourado, e enfia na boca do neto, que mastiga com prazer carniceiro e pede mais. Em meia hora a família chacal deixa na travessa migalhas de uma farofa de vísceras.

"Nosotros acabamos de devorar um macuco."

O pânico instalado no olhar, repreende a mulher, mas ela garante que todas as provas do corpo de delito neste momento estão virando bosta. De gente ou de cachorro.

"Y las peñas, qué fez?"

"Taquei em el fuego."

"Y los ossos?"

"Dei a los cachorros, com pele y tripa. De este bicho no ha sobrado nada."

"Su hideputa, nosotros ainda vamos perder tudo por causa de essa ganância tuya."

"A la cama."

8

Está tesuda, instigou raiva no marido, talvez lhe bata. Arroja a mão por baixo da toalha, Aguinaldo está excitado, deu certo. Cata-o pelo pau mesmo e leva de cabresto até o quarto onde, enquanto a mão esquerda abaixa a blusa, a direita, sem largar a rédea, vai desatando o zíper. Quando salta a verga ela se abaixa e esfrega um mamilo-seta, rígido, na ponta da glande. Vê minar uma gota, lambreca o mamilo, passa o dedo e leva à boca, os olhos fixos no marido. Depois leva a boca à glande, e leva a glande à garganta, e os lábios à pelve de Aguinaldo, que se empolga e a cata pelo cabelo, levantando e abaixando a cabeça de Dulce com violência, de forma que a testa bate várias vezes em seu púbis, feito um pilão. Ela senta na poltrona em frente à cama, pernas abertas, e manipula um grelo protuberante.

"Fala lo que va fazer conmigo."

"Voy sacar tu roupa y deitar-te de bunda para riba em la cama. Entonces voy a passar óleo em ti, um óleo igual essa porrita, mira."

De mão esquerda retrai a sanfona de pele até embaixo, projetando a cabeça luminosa de onde escorre uma baba. Com o dedo indicador da mão direita ele toca a ponta, mexendo na goma feito um pintor que misture cores de tinta a óleo, e levanta o dedo lentamente, esticando um fio de látex transparente. Ao ver isso Dulce projeta um jato de líquido, chega a formar uma hipérbole no ar, a cuspida de um bêbado. Começa então a gozar ininterrupta. Aguinaldo sorri. Ele se põe encaixado atrás dela, imobiliza-a feito num combate de sumô. Ela tenta rebolar mas não consegue, puxa-lhe o cabelo e passa a mão pela cara, mostra que ele manda. Manda que empine o rabo e ela obedece, se arreganha, ele enche-lhe a bunda de tapas, deixa os dedos tatuados, depois enfia o rosto.

"Demorate aí."

"Su grelo está elétrico, sinto em la punta de la língua."

Sem tirar a boca ele senta no chão de perna cruzada feito um iogue.

"Jode mi culito, por favor."

"Senta-te em riba de mi. Pula com fuerça."

Ela urra só de ouvir.

"Gozei."

"Como? Y yo, no voy a gozar?"

"Yo he gozado seis vezes. Depois de la primeira las outras vienem fácil. No aguento más. Es falta de educacion yo ir dormir agora?"

"No he casado contigo por tu educacion."

Reprisa a vida de grosserias da mulher e se resigna a, amanhã, sair e descarregar em Renata o gozo contido.

9

Dia de pagamento, Maifrém recebe a cota de pedra. Dulce, mocozada, observa o noia, ávido com o pacotilho, correr pra toca. Segue-o. Na barraca de nylon Geiza o espera, aprontam a marica, antes de fazerem amor ele chama os amigos para que se sirvam da companheira, prostitui a própria mulher, com o que complementa a renda por adquirir mais pedra. Ela se presta à função não por uma dependência química, a pedra que seu homem lhe dá é outra, a dura pedra da vida, do amor servo, a que não se fuma sem sofrimento e gozo. De toda forma, após ser enrabada pela súcia, a noia deita com o titular e colam os lábios na marica, a satisfazer uma fome incompreensível. Talvez desta fome, pensa Dulce, padeça sua rival, Renata, outra que franqueia o corpo por obturar o rombo da alma. Mas de Renata ela tem ódio, tomou seu homem. De Geiza sente compaixão. Nasce ali uma afeição estranha, que ela julga próxima da sororidade. Fosse Geiza não noia, uma mulher cidadã, tomava-lhe da mão e a acalentava. Mas que morra. Não cabe a ela, Dulce, cuidar de outra desmiolada, ou mesmo pedir ao Pai misericórdia por ela. Por mais que carregue a dor e a delícia de ser mulher como ela, o Pai eterno deve cuidar de suas filhas todas, não fazer feito o velho Ladislau, seu avô terreno, que só cuidou da tia deficiente e largou Ondina, sua mãe, na roça. No mundo é assim, cada um por si, sororidade tem limite. Eterno ou terrenos esses pais são isso, machos escrotos. Dulce pondera então, filosofa se a escrotice masculina depende de nível social, se a questão identitária deve superar a luta de classes, porque os noias machos são iguais aos cidadãos de bem em termos de abuso para com as mulheres. Hoje a China pode ter feito do mundo até essa democracia racial, mas a questão de gênero segue idêntica ao que era no mundo pré-águas. Não fosse ela muito bem localizada socialmente e, portanto, sem vontade alguma de bulir em seu status pra ajudar quem quer que fosse, até comprava a briga, lutava pelas irmãs. E cadê Maifrém no meio dessa suruba? Pronto, lá vai ele, além de abusar da inerte Geiza ainda se deu bem, roubou pedra dos próprios irmãos e agora segue no rumo do Old Fashion. Dulce o acompanha, vê-o entrar no escritório do antiquário.

10

Maifrém é um mendigo deplorável, um noia, não bate um prego na puta da vida. Vive da rapa, pro mundo dos cidadãos é um completo inexistente. Esse tipo de criatura fora do padrão interessa hoje a Dulce seguir, uma vez que, se seu homem foi sentir interesse pela escória, algo na escória havia a perscrutar.

"Buen dia, señora. Uma bençãozita?"

"Para que quieres dinero, demônio?"

"Para comprar piedra, claro."

"Va a la mierda."

Ambos riem, ele do desprezo a que faz jus, ela da ousadia do noia. Mal vira a esquina decide segui-lo, a ver que vida é aquela, tão inalcançável. É com surpresa que, esquivando-se atrás de muros e postes, Dulce presencia um encontro inusitado. Sua rival, Renata, toma Maifrém pelas mãos e o leva pra dentro do Old Fashion. Corre a encontrar um ponto de observação seguro e delicia-se quando vê Maifrém com a amante de seu marido, as calças arriadas e ela ajoelhada ali, na maior felação.

"Miserere. Yo que no chupava uma bimba suja de essas ni que fosse viciada em piedra."

Ela sente nojo por Aguinaldo andar com criatura tão promíscua, e ali decide que não vai mais ter é nada com ele. Contém-se, assistindo a tudo, sentindo-se justiçada com a ciência de que o marido era o enganado julgando enganar. Dulce sabia a fonte de renda de Maifrém: roubava pequenas quantidades de pedra por aí, dos companheiros e até do estoque com que Aguinaldo pagava os colaboradores. Era um tipo divertido, fazia presenças com a droga furtada e sempre estava de bem com todos, talvez isso tenha conquistado a rival. Dulce não atinava como, mas sabia que esse tipo de gente cativava corações mais rebeldes. Guardou a informação consigo, um dia podia ser útil.

11

Com a ajuda de Almirante ela cria, na clareira, um bezerro Simenthal. Alimenta escondido, espera um dia comê-lo, enquanto isso escreve o livro de receitas. Geiza, a noia, vem na porta interromper sua literatura, fazer escândalo: a bisa Ondina andou passando mensagens eróticas pelo intrazap pra Maifrém:

"Voy a bater em essa galinha, dona Dulce. La señora, uma mujer tão correta, sair del ventre de uma velha safada de essas."

"Usted no seja besta. Madre está gagá, será que no vê? Va mesmo bater em uma velha em cadeira de ruedas? Deve tener es medo de tu hombre te largar, es lo que yo fazia se fosse hombre, no ia viver comendo uma mendinga jodida igual usted. Volve a la balsa y no me venha más aqui, ou mando Aguinaldo te expulsar."

Geiza se resigna e volta; a senhora tem razão, manda quem pode. Só esperava que atendesse ao apelo do moralismo, ou da sororidade, ou ambos. Mas sabe que Dulce não é absoluta, Aguinaldo é a prova, suas infidelidades. A libido da velha insulta a própria filha; só lhe resta, à pobre Dulce, escrever o livro de receitas em que metaforiza sua fome:

MATRIOSHKA DE CARNE

Ingredientes:
Um boi Simenthal;
Um puerco adulto castrado;

Uma oveja;
Uma capivara;
Um cabrito;
Uma paca;
Um conejo;
Um cuy;
Uma salchicha calabresa ahumada;
Los temperos.

Segue um longo arrazoado em zumboli, o modo de preparo da tal receita. Neto vive bisbilhotando o livro da abuelita. Lá, das entrelinhas, consegue colher impressões da personagem que é aquela avó/mãe, fada/bruxa que lhe foi dada pelo criador, seu bisavô, que é quem escreve a história; o princípio feminino que oscila entre a tirania e a doçura, e ao qual ele não tem defesa que opor. Madrasta com maçã a seduzi-lo, entre a verruga que culmina o nariz e o doce da maçã reside o desejo, esse choque elétrico no pinto, essa vontade de urinar ou morrer, e é mais na verruga que na possibilidade da maçã, não sabe até onde tem poder sobre isso o seu bisavô escritor, outro refém da Eternidade.

12

A volta de Júnior, tão desejada e só obtida graças à influência de Naves, promoveu uma alteração de humores em Dulce. Se as dificuldades da vida afetiva eram reveladas em comportamentos de besta sensual, ter o filho de volta a fez empenar de vez; não sabia mais lidar, se havia conformado à perda. Como a relação tem sido cheia de arestas, em tentativa de aproximação a avó acompanha Júnior e Neto num passeio à beira-mar. Dentre pinguins mortos surge o vulto negro, roliço, emitindo urros de dor. Uma foca, o filhote morto na boca, aproxima-se e, aos pés de Dulce, solta o cadáver de pelúcia, chorando tão plangente que o filho e o neto põem-se a chorar também. Mas ela não, calejada nas dores maternais do apocalipse, quando se aprende a não olhar pra trás, ignora a dor da outra fêmea e, sem sororidade alguma, apodera-se do bebê morto, fugindo a passos rápidos. Mamãe Foca, impossibilitada de andar pelas nadadeiras que em terra firme de nada lhe servem, joga-se de barriga pro alto e implora aos céus que lhe caiam por cima. Júnior e Neto seguem a avó desalmada. Em casa, ela guarda o cadáver no freezer. Talvez a carne não preste mais pra comer, mas essa pele dá uma linda estolinha. Júnior pasma, que educação se ministra às crianças neste fim de mundo, a professora que inflige castigos, a mãe que só pensa em saciar uma fome secular. A Natureza, mãe eterna, é cruel, se não for subjugada estamos mortos.

13

Quarenta e dois minutos depois da meia-noite Antônio Naves aquece na placa de microondas um prato de vidro temperado. Seco e com a superfície imaculada, estica nele cinco filetes paralelos de um pó branco, que sorve, alternando as narinas, com um canudo metálico. Ele pouco entende de música, mas a imagem das carreiras lhe sugere uma pauta, na qual notas e claves dançam um bailado agradável, que o corpo segue. Não se trata bem de excitação sexual, o sexo está inclusive adormecido, não o sente, mas uma ousadia o força a buscar o foneportável e mandar mensagens eróticas a seus contatos.

"Usted está linda. Parece que puedo ver em este momento, deitada, sem maquiagem, del jeito que usted es, del jeito que me gusta."

Anos de coaching empresarial para gerentes de banco o ensinaram a falar o que o cliente gosta de ouvir. A mensagem não tinha destinatário específico, de modo que ele, no seu arroubo romântico, salvou o texto e enviou a quinze mulheres distintas, das quais uma, a mais improvável, respondeu de imediato: Dulce.

"Hola. Qué lindo, irmão Antônio."

"Te gustou?" — e agregou ao texto emblemas de intrazap que eram um rosto redondo sorrindo.

"Muchíssimo. Para uma mujer que vive com uma bestia feito Aguinaldo, qualquer elogio es uma benção."

"Irmã Dulce, usted bien sabe que lhe tenho amizade. Dame

uma chance, tu marido es um promíscuo, no te respeita, deixa mostrarte lo que es el amor" — mais três signos de coração vermelho.

Ela responde com um único signo, uma carinha risonha que pisca um olho. Naves vai à loucura, na poeira das estrelas. Sente-se o mais poético dos poetas, o mais criativo dos criadores, está bem-humorado, tem o domínio da situação, o domínio da linguagem. O pai lhe havia ensinado, sempre faça com que as mulheres sorriam, seja divertido, espirituoso, doce, e cairão aos seus pés. A conversa com Dulce flui, mais três contatos respondem de forma promissora, mas ele agora finge que está off-line, concentra sua verve na presa principal. Depois de cumular a amada de todas as glórias ingênuas ele empreende o primeiro pé na porta, elogia-lhe a bunda, que sabe cultivada e intui ser seu ponto fraco, sua vaidade. Acertou — ela não se mostra indignada, antes agradece:

"Obrigado."

O agradecimento no masculino lhe causa qualquer desgosto, mas releva, o desejo compensa. Engraçado que está, ele manda dois curiosos emblemas pra interlocutora: a figura de um elefantinho e a de uma formiga, que buscou no portfólio de signos bizarros do aparelho.

"Qué linditos. Lo que significam, hermano?"

"No conheces la historia del elefante y de la hormiguita? *Obrigado es el cacete*, jajajajajajajaja."

Dulce explode numa gargalhada, sente-se viva, desejada, objeto de gracejos estúpidos, sim, mas pra ela, só pra ela. Tem vontade de abaixar a calcinha, tal e qual a irmã hormiguita, praquele elefante bruto e generoso. Não sabe como transmitir, pelo foneportável, que adorou a piada e ri muito. Decide enviar uma fileira de letras K. Naves sente outra pontada no senso, ela diz *obrigadO* e ri *kkkk*, só uma foda fenomenal compensará tais pecados, mas a tal altura nada o abala. Intimorato, fogoso, ele tira uma fotografia do pênis flácido, que se esforça por erigir e manter firme ao menos pra foto, e envia. Seja o que Deus quiser.

"Qué lindo. Obrigado."

O agradecimento agora soa musical. Seguem-se vídeos dele se masturbando, dela premendo os seios contra a tela do foneportável, ambos arrojando línguas pra câmera, e baixarias afins. Por fim, louca, ela o convida a vir em sua casa pela manhã, depois que Aguinaldo sair pro ferro-velho.

14

Depois de uma sessão bastante satisfatória, Antônio Naves pensa alto:

"Qué chave de coño me has dado, cariño."

Está prostrado, olha o teto com expressão pateta enquanto Dulce ressona de bruços, deitada sobre os braços em cruz. Naves se levanta e vai até a janela, fita o oceano, o sol das sete horas refulge uma fita dourada toda quebradinha, impressionista, que vem desde o horizonte até à porta de casa. Tal e qual esse sol, num quase ocaso, ele brilhou seus tons mais bonitos, um dourado melancólico, cisne que se despede de uma vida gloriosa; obteve o amor que perseguiu desde viúvo até esta nova existência. Em tudo isso tem o pensamento nesse instante. Ela vira o descomunal rabo contra o colchão, bota-se de *coño* pra cima, e a barriga é um esfregador de tanque de porcelana, toda escalonada, os músculos definidos do diafragma sustentam dois seios pesados e perfeitamente redondos.

"Qué perfeccion tu eres, cariño. Tu bunda está más linda que nunca."

"Todos los dias yo faço bumbum y glúteo em el salon de ginástica, amore."

A vulgaridade da amada em nada diminui o amor que ele sente. Naves está flácido, nunca foi um fisicultor, sua barriga de boêmio deita em avental sobre um pinto mezzo bombado, que só operou a contento graças à segurança que determinada cápsula cerúlea, ingerida meia hora antes da visita, lhe proporcionou. Ele jura pra si que é psicológico, mas preferiu se garantir, no que foi bem. Fodeu feito um fauno, ela urrou de prazer, rebolou como num aparelho da academia. Depois de um orgasmo simultâneo a fome eterna de Dulce despertou novos apetites em Naves; foram à cozinha.

"Faço question de cozinhar para usted, cariño. Es nuestra primeira noite."

"Es dia claro todavia, cariño. No puedemos nos ver de noite, soy casada, lembras?"

"Que seja. Mas yo preparo el rango."

"Voy mijar entonces."

Enquanto a deusa de ardósia projeta um farto jorro contra a porcelana branca, sonido que ouve como a uma ária, Naves vasculha a geladeira. Grita pro banheiro:

"Quieres carne? Voy fazer um sandwich."

"Sim, para mim um xis-ensalada."

Ele tosta pães numa frigideira, cata do freezer um hambúrguer e, do pires ao lado, um belo de um filé. Frita as duas peças, derrete queijo emmenthal, aquece fatias do presunto gangrenado que dormia exposto sob uma camada de neve, corta rodelas de tomate-caqui e picota uma alface tenra, quase branca. O cheeseburguer deixa pronto pra Dulce e, não a podendo esperar, que a fome urge, devora o cheese-filé, malpassado, olente, o cheiro do queijo está pronunciado, parece ter impregnado a carne, ele come com gana.

Desde a primeira vez que aquele casal entrou no banco, por abrir a conta do comércio que começava a prosperar, Naves cresceu olhos pra deliciosa mulher do dono do ferro-velho e, por mais se dissesse que não se devem misturar negócios e amores, uma atração incontornável o levava a ligar na sede dos correntistas quando sabia não estar o varão para oferecer oportunidades de investimento à senhora Hernández, Venha nos visitar, madame Hernández, é um prazer sua presença, ilumina o banco, venha conhecer nossas linhas de investimento, sabe, a sua companhia, para mim, extrapola a relação de um gerente com sua cliente, devoto-lhe verdadeira amizade, sabe que sempre pode contar com este consultor financeiro, pro que precisar. Naves era um homem interessante, viúvo e boêmio, considerado um sedutor mas, na verdade, um solitário, um nostálgico do amor conjugal, que viu naquela Emma cabocla mil atributos. Dulce explorou isso, bom sentir-se cobiçada, desejarem suas formas, usou seu charme em prol do incremento dos negócios do casal sem sair jamais dos trilhos que a Igreja havia pautado. Créditos, Naves os proporcionou não uma vez, e ela soube multiplicar o valor desses empréstimos, que quitava tirando grande lucro para si, o que o encantava mais ainda. O advento da Grande Inundação levou ambos pra caminhos convergentes, ele, que era membro da Bola de Fogo onde, a par de ateu e hedonista, congregava, foi nomeado governador. Era, afinal, um executivo, homem de confiança dos grandes esquemas, dos negócios, escusos ou não — a legalidade, no capitalismo, é uma circunstância que não afeta a importância das operações. Sua devoção não era propriamente a Jesus, entrou pra Igreja convidado por Dulce, no jantar com o casal em que abriu as agruras da viuvez. Aguinaldo desde ali botou um pé pra trás de forma a não cair numa eventual rasteira do gerente. Mas a sólida convicção da esposa nos valores de família o deixava em paz, sabia que a mulher só usava dos atributos em benefício conjugal.

Ela voltou à cozinha, demorou por ter aproveitado a ocasião pra um cocô, vingar-se de Aguinaldo no quartel-general deixa-a solta. Senta e devora o sanduíche, preparado com amor, teme se enfeitiçar, sabe-se que uma comida amorosa é igual água pra chocolate, derrete a gente. Mas fica tranquila,

Naves não tem habilidades pra feitiço, pode comer sossegada, diz-se de si pra si.

"Qué comeste, mi amor?"

"Um belo de um chorizo que quedava em el freezer. Carne maturada, bueníssima, olente."

Dulce engole o último naco de hambúrguer como a um comprimido estragado. Aquele bife aromatizado de boceta era pra Aguinaldo ser seu escravo. Não Naves.

15

Empoderada com haver dado pro homem forte de Bolivana Zumbi, vingada do marido adúltero, Dulce ainda não se vê satisfeita. Pensando bem, nem humilhou Aguinaldo — Naves é muito melhor que ele, ao passo que ela foi trocada por uma indigente, uma desgraçada que de melhor que ela só tem um pouco de juventude, e bem estragada, por sinal. Dulce é cuidada, tem corpo de dar inveja a muita menina. Por conta dessa mágoa ela ainda faz de tudo pra destruir a rival. Ter-lhe comido parte da orelha não a sacia. Foi por isso que conduziu o marido pra que visse pessoalmente sua namoradinha que, nesta manhã, pode-o comprovar com olhos próprios, está na cama com o que há de mais degradado: Maifrém. Aguinaldo constata que sua amada não vale um prego, mas que fazer. Ele espanca o colaborador, por pouco não o mata ali. Renata ele nunca mataria, bateu nela, sim, expulsou-a, mas sabia que a iria buscar de volta. Só não o fez porque Dulce, ciente da fraqueza do marido, aproveitou a ocasião e sangrou-a de punhal. Foi a primeira.

Dieta cetogênica, sangramento da inimiga, a sanha por carne foi-se desdobrando naquela mulher. Seu matriarcado começou a se fazer impor sobre Bolivana-Zumbi no dia em que o apaixonado Naves, instado pela amante, constituiu-a sucessora na hipótese de um sinistro o impedir de governar em nome de Eclésia. Sabia muito bem o divórcio impossível, não poderia desposar aquela mulher por quem sacrificaria tudo, não imaginava chegar a amar tanto, até aquela atração inicial pela irmã Dulce não julgava se convertesse em tão absoluta paixão. Mandou o memorando com tal testamento à direção de Eclésia, que por seu turno reportou ao governo da China, que homologou, informou Eclésia, e Eclésia devolveu a resposta afirmativa a Naves. De posse do diploma, fez a maior das provas de amor:

"Mira, cariño. No te puedo tomar para mi mujer, mas te faço mi sucessora, la persona que mais amo em este mundo submerso. Lê este documento oficial."

Emocionada, Dulce, após ler, fala em línguas:

"Saracantaramaia. Prueva de amor maior no hay que doar la vida a su hermana."

16

Num acesso de romantismo, Naves exige que a amada o acompanhe a lugar proibido: o bistrô. Sabe-se da existência desse oásis de desfrute, e se sabe que membros eclesiais por vezes se permitem, Eclésia também sabe que a Lei não pode ser tão rígida assim, mas irem lá privar o governador com a esposa de um membro da Eclésia pode parecer um tanto abusado. Naves tem-se tornado inconveniente, o excesso de ternuras, essa paixão melada assusta Dulce. Tudo o que ela queria era reconquistar Aguinaldo, manter o casamento. De toda forma, ante a possibilidade de escândalo com uma negativa, e também ante o fato de que ela tem saudade de jantar num lugar chique, concorda de ir com Naves. Ele a espera na lancha, que singra silenciosa as águas marinhas na noite enluarada, chegando depois de alguma navegação até a encosta onde uma cabana esconde o requinte de um petit restaurant. Leididai, em pessoa, para assombro de Dulce, atende à mesa.

"Bonsoir."

Fazem que não conhecem, ela também ignora com uma dignidade exemplar a presença do casal em infração, como ignorou as vezes em que Aguinaldo lá esteve com Renata. O dono do bistrô a instrui bem.

"Quiero vino del bueno."

Em dois minutos Leididai retorna à mesa com uma garrafa. Cumpre um ritual pré-elaborado, mostra o rótulo ao cavalheiro que, num meneio de cabeça, o deve aprovar. Dispõe duas taças sobre a mesa, e depois a garrafa. Saca um artefato para rolhas, corta a película de estanho azul-marinho que envolve o gargalo, introduz a espiral metálica e põe-se a girar até o talo, enquanto sobem dois bracinhos do artefato. Baixa-os, fazendo a rolha subir. Toma de uma das taças e coloca dedo de um vinho encorpado, oferecendo à altura do nariz de Naves. Ele embatuca um tanto, não atina com o sentido daquela frescura, mas logo se safa. Segura a taça, dedo mínimo em riste e, num olhar apaixonado pra Dulce, estende, sentenciando com decisão:

"Primeiro las damas."

Leididai dá um gritinho entre espanto e riso, sendo logo fulminada pelo olhar crítico da parelha. Faz uma mesura, segurando as barras da minissaia, e sai, discreta.

"Qué mierda, cariño. Tenho medo que ela vá a cuentar."

"No es loca para tanto. El dono del bistrô es mi confrade, voy a avisarlo para que su colaboradora seja discreta. Mas tambiém me voy, depois, a falar personalmente com la Lady."

Pedem medalhões de filé-mignon bovino, prato do dia. Dulce vai ao delírio, masca os nacos sangrentos segurando o membro de Naves por baixo da toalha. Naquele ato ela se apropria de um conceito muito difundido entre os antigos casais de classe média, a tal cumplicidade. Só se pode ser cúmplice em crime, pra coisa lícita é-se parceiro, e praticar crime junto dá um tesão inominável. Por isso seus antigos amigos viviam em clubes de suingue cheirando pós proibidos, bebendo e se esbaldando em toda sorte de depravação. Pura cumplicidade. No mundo pós-Inundação a licitude das drogas privou desse barato. Resta o de comer carne bovina. Rumam ao quarto de Naves depois do jantar.

17

Naves amanhece lívido, sem uma gota de sangue, no catre de sua luxuosa residência em Nova Cintra, trespassado por instrumento perfurocortante. Dulce assume, não o crime, mas a cadeira vaga de líder Eclesial. Por coincidente que semelhe, na mesma alvorada aparece o cadáver de uma mulher trans, posteriormente reconhecida como a Leididai, perfurado de punhal. Tudo indica que o assassinato deu-se quando a vítima chegava do serviço num restaurante, é o que dizem. Ninguém sabe onde é o tal restaurante, nem quem é o dono. Sucessão de desgraças esse dia, houve uma terceira morte, por suicídio, a do promotor Jefferson Tsé dos Santos. De fato, um homem tão comprometido com o sistema, tão profissional que, ante a morte do líder supremo, deu cabo da própria vida. Exemplo.

Dulce entronizada, resta a Aguinaldo o decorativo cargo de primeiro-cavalheiro do Estado Fundamentalista de Bolivana--Zumbi. Cuidaria da Assistêncial Social, como compete ao cônjuge de uma governante, afinal, as ruas têm muitos atrativos. Mas ela quer ser esposa, embora mande oficialmente cria a impressão de que o marido governa por derradeira palavra, e assim ele é tido por um estadista. Um ex-operário no Poder. Aliás, de operário a empresário, de empresário a líder comunal religioso, e de líder comunal religioso a chefe de Estado, é o que Dulce lhe proporciona, mais uma vez, ela que lhe dá tudo. Ascende feito um megaespeculador involuntário.

O império estende-se até o fim dos tempos, a vitória final

da Natureza, mãe cruel, a castração eterna dos antigos dominadores. A quem não se agradasse, sangramento de punhal, nova marca do braço policial do Estado, agora livre dos machistas Strange-Fruiters. A possibilidade do amor ou da liberdade esgotou-se, Aguinaldo assumiu seu casamento por uma contingência do Poder, que, afinal, o inebriava.

PARTE VI

O filho do homem

1

Corre o ano de 2045 da graça de Nosso Senhor Jesus Cristo. Aguinaldo e Dulce estão felicíssimos, o novo SUV que adquiriram, quase zero, do gerente do banco, toma quatro lugares na balsa. A fila se estende pra além do Aquário Municipal, mas dane-se, ele esperou sua vez, é hora de fazer esperar. Há dois anos deixou de ser um funcionário da fábrica, com o valor da quitação deu entrada no carro despótico, seu comércio de sucata prospera a olhos vistos, estão indo ao Guarujá com o filhote de quatro anos aboletado no banco de couro do coche, entre telas de plasma e brinquedos de pelúcia. Ele apenas atravessa, não vai em praia, e sim pro sítio do saudoso escritor. Depois da morte do padrasto criaram lá uma tal Fundação, Aguinaldo não entende direito, tem a ver com a literatura de seu preceptor. O fato é que segue indo ao sítio, sua memória sentimental, e agora leva o filhote, coisas de geração, afetos que atravessam o tempo.

Uma vez em movimento a embarcação, descem do carro a olhar pro oceano, Júnior no colo, nem parece que moram ali, querem dividir com os paulistanos o prazer de olhar praquele mar íntimo, sujo, a que fingem ter sido recém-apresentados. Olham à direita, onde o sol se põe, lá atrás da ilha Porchat. É quando se vê a imensa onda chegar, tragando o morro Saco do Major, o Três Meninos, invadir toda a barra, a ilha das Palmas, o Forte. Com pânico nos olhos ele joga mulher e filho dentro do carro e trava os vidros, quase ao mesmo tempo que a vaga engole a balsa e tudo o que estava em cima é varrido. O SUV branco, cheio de ar, vai descendo lentamente, feito um escafandro, boia um pouco antes de começar a afundar. No fundo, em desespero, vê a água minar no chão do carro e ir subindo, vê a criança afogada, e Dulce, e ele próprio ainda sofre últimos momentos de tensão com o rosto colado no teto do automóvel, buscando o derradeiro ar, acaba submerso. Não se sente morrer, é como se iniciassem ali uma vida subaquática, e a mulher está ao lado, e o filho brinca no banco de trás, tudo como antes, e há de ser assim pra sempre, o amor perpetua. Acalma-se um pouco, passagem feita.

O carro é içado, a balsa não está emborcada. Homens morenos, indígenas andinos, tiram-nos do interior do veículo, que devolvem pro mar, os tripulantes ficam na balsa. Há mais pessoas resgatadas pelos zumbolivanos, embora a grande maioria deixem afogar sem piedade, ignorando seus gritos de súplica, feito carontes insensíveis. Os humilhados sendo exaltados. Um tipo mongol, de longos bigodes e túnica estampada, pilota a balsa. O menino Júnior é guardado pela tripulação como uma verdadeira Promessa.

2

Logo que recebida em Cota-95, a família é levada a um conselho eclesial. Expostas as premissas da nova sociedade por representantes da China, Aguinaldo aceita com muito gosto o cargo que é-lhe oferecido, uma honra participar do novo governo, ainda mais em colaboração com um velho parceiro feito Antônio Naves. Justíssimo terem confiado a chefia suprema ao antigo gerente, um gestor exemplar. Assume sua balsa, forma ele próprio uma equipe com os noias das redondezas, escolhe casa funcional no condomínio Ilha de Nova Cintra e vai viver sua vida, acabar de criar o pequeno Júnior, que cresce solitário, num mundo por se fazer. Sem amigos da mesma idade com quem brincar, faz do violão seu grande companheiro. Na adolescência, várias crises de identidade, por não haver um espelho a comparar. A pessoa mais próxima de sua idade era o jovem promotor, que frequentava a casa de Aguinaldo por aqueles tempos e dedicava a Júnior grande atenção, dizendo-se compadecido de uma criança crescendo no meio de pessoas velhas. Jefferson teria então trinta e poucos anos, era um adulto tal e qual os demais, mas forçava atitudes infantis por conquistar a amizade de Júnior; um dia pediu-lhe que o ensinasse a tocar violão. Não havendo jeito de segurar o instrumento como era devido, pediu ao infante mestre que lhe mostrasse, abraçando-o por trás de forma a posicionar o braço. Bastou com sentir o hálito de Júnior na nuca para o promotor patolar, esticar dedos que deviam estar nos trastes à rola do professor.

"Qué es isto, Don Jefferson?"

"No, no, nada, rarram. Desculpe, no sei que me dió."

"Mi papá me ha contado lo que es um venado. Eres um de estes?"

"No, claro que no. No contes nada, isto no vá más acontecer. Se contares, puedo prejudicar tu padre, queda calado."

"Eres como la Leididai, cholo."

Na juventude, o desejo carnal, até então aplacado pelas mãos dedilhadoras de cordas, reclamou urgências. Júnior começou a acompanhar seu pai ao Old Fashion, e a conversar, à falta de companhias, com os noias da balsa. Um dia ela chegou, vinda não se sabe de onde, nem o nome soube dizer, era muda. Na noite em que se reuniam, enquanto Aguinaldo fazia a contabilidade Júnior foi pros fundos da balsa, perto do atracadouro, com a muda, e o amor se fez, os dois tateando, os sexos guiando movimentos sabidos por um código ancestral. Quando começou a se pronunciar um ventre grávido o patriarca achou que a colaboradora padecia de alguma verminose. Foi Dulce quem deu conta da peripécia do filho e entrou em pânico. Naquele início dos tempos ainda se contava tudo à Eclésia, Aguinaldo não quis ir a Naves, preferiu relatar o fato ao promotor Jefferson Tsé Assunção que, por ajudar, prontificou-se a salvar o filho do casal de uma pena pior, capital, degredando-o para a China, de onde só poderia voltar se a noia ou a criança morressem. Não se podia, afinal, alterar a cota de habitantes. Os avós criariam o rebento até lá. Sendo artista, músico, Júnior teria ingresso na metrópole, um dia poderia até voltar realizado.

3

Um hiato de narrativa são os oito anos que Júnior passou entre os chineses, tal e qual o período que Jesus viveu entre os essênios. Nada se registrou desse tempo de aprendizado, nada se sabe do que se passa entre aquelas muralhas, mas os prodígios que Júnior operou quando de volta por certo que estão ligados a esse tempo.

Antes da Inundação tal clima só se fazia observar na linha de uma Floresta Amazônica ou de um Saara. Os botânicos de Eclésia tentam a todo custo a implantação de espécies como sapucaia, castanheira, seringueira, nas zonas tropical e subtropical, querem formar uma floresta *equatorial* às pressas. Problema é não haver um rio caudaloso o suficiente, pelo que está-se formando é outro deserto. O clima que se observava nestas zonas hoje se vai encontrar à altura da tundra canadense ou do lago Baikal, antigas geleiras dos limites do mundo agora permitem que se ande sem camisa no verão, aquela região é hoje a melhor para viver, e foi lá que a China procedeu à sua expansão.

Alguns povos têm natureza mais propensa à agressão do meio ambiente, e o zumbolivano lidera a lista em tal quesito. Nação formada sobre um alicerce de árvores abatidas, seu nome antigo, o impronunciável, era o mesmo do vegetal que o colonizador se esmerou em extinguir. *Louco por carro*, *não desiste nunca*, sequioso por *levar vantagem em tudo*, todos os clichês que trazia aparafusados desde o pré-águas o cidadão zumbolivano preservou, seguindo em essência um grande detrator da Natureza. Os animais não são enxergados senão como manjares, uma capivara que passe divando ainda é sonhada no rolete, árvores são vistas com melancólicos olhos de madeireiro, que belas tábuas dariam. Mas a vigilância é cerrada, com o fim do livre extermínio plantas e bichos abundam nessa nova Natureza, chegam mesmo a se constituir num perigo selvagem pro Homem, esse animal indefeso. O neto do irmão Aguinaldo foi atacado outro dia por uma sucuri.

4

O pai o recebeu de volta como a um pródigo, Dulce queria sacrificar o melhor bezerro em sua honra. Neto foi quem estranhou, não concebia outro genitor que não o avô, nem fazia ideia do que fosse um irmão mais velho. Chamou-o Júnior, como os demais adultos o chamavam, não pai, como ele desejava. Tampouco Júnior fazia ideia do que fosse a paternidade, encontrar a criança que foi obrigado a abandonar causou-lhe um choque, sim, mas dizer que algum instinto já o compelia a cuidar daquele filho era exagero. Por se promover a aproximação, os donos da casa alojaram o filho no quarto do neto. Aos poucos o dono do ferro-velho foi apresentando ao Júnior retornado seu pequeno império. Levou-o a revisitar balsa, o Old Fashion, os colaboradores, acabou confidenciando o caso com Renata, que entendesse, a vida com Dulce estava insuportável de uns anos pra cá. Meu pai tem amante, pensa, não sabe se sente pena da mãe, é tudo confuso depois de tanto tempo, mas odeia a notícia da intrusa. Na balsa, Júnior ouve a conversa dos noias que compartilham a marica:

"Ele largou o celibato porque gostou de uma freira, mas depois de um tempo essa freira acabou apaixonando com a madre superiora e fugiram as duas, deixando o Fray na merda."

Por isso aquele Fray era tão calado, lembra dele. Não sabe a razão de conversarem em outra língua, demorou a atinar com o significado da palavra *freira*: monja. Quando partiu, pouco sabia daquelas criaturas, não tinha noção exata do que era um noia — um pária, comparado a um cidadão membro de Eclésia. Vivia naquele campo com os pais, sem vizinhos que não dois misteriosos membros do governo e os noias da balsa. A população cidadã é obrigada a falar a língua oficial, Júnior não conhece o português, nem achou que no submundo ainda se o falasse. Acha bonito o que ouve, melódico. Pena terem proibido, daria ótimas letras de samba. Seu filho fala zumboli.

"Por que usted quedou fora tanto tiempo? Não eres mi padre, mi padre es mi abuelo."

O instinto, ou a convenção social, não sabe o quê, o preenche de amor por aquela criança inquisidora. Considera uma violência ter sido apartado da cria por imposição estatal, teocracia de merda. Disseram que era ele ou o planeta, o coletivo prepondera sobre o interesse pessoal, se conformasse. O governo de Bolivana-Zumbi, afinal, acabara sendo condescendente, permitindo-lhe a volta, diante da vaga demográfica que o passamento da muda abriu. Antônio Naves achou de interceder pelo pleito de Aguinaldo visando agradar à irmã Dulce. Se ela quisesse, lhe poria tudo aos pés, faria dela sua rainha. Júnior estranha bastante a moral em vigor, o pai tem amante, a mãe tem pretendente, e vá-se saber se é só isso. Um Estado conservador, entretanto, bem liberal.

O nome Bolivana-Zumbi remete a libertadores da América, o Bolívar indígena e o Zumbi afro. Foi necessário rebatizar o país, apagar o antigo registro. Não podia ter futuro uma terra com nome de árvore, justo a árvore que o invasor se empenhou em dizimar. O território é delimitado pelo mar que avançou no Grande Rio até Porto Velho e parte da Bolívia, inundando tudo o que restava de floresta. A Grande Nação Sul-americana vai acima desse golfo abarcando o norte dos antigos estados de Amazonas, Amapá e Roraima, bem como as Guianas, estendendo-se a oeste até as terras que foram chamadas Venezuela e Colômbia. Ao sul, compreende o que outrora se chamou Paraguai, Uruguai, Rio Grande do Sul, Argentina e Chile Meridional, e que hoje constituem a província de Martínia. Também integra o território a província de O'Higgins, composta de norte do Chile mais Equador e Peru, onde se fala um zumboli arrastado, puxado a um renitente espanhol. De toda forma, o Cone Sul é homogêneo em termos de concepção política e religiosa, porque política e religião são hoje um conceito amalgamado. A Língua os unifica numa Grande Pátria.

5

"*Aganju, Xangô, Alapalá Alapalá Alapalá. Xangô, Aganju.*"

Alguém canta na balsa, os vapores da marica despertam lirismo. Aguinaldo lembra da canção, Júnior e Neto não imaginam do que se trate. Almirante explica a letra, referenciando em mitos africanos as gerações, a perpetuação da espécie. Neto, aguda inteligência, percebe a alusão:

"Estan cantando de nosotros."

O sarau prossegue, os noias parecem mais felizes que os cidadãos de bem. À noite, violão ponteando, uma voz de mulher chega aos ouvidos de Júnior. Ele sai da cabine, segue o som e dá no convés da balsa. Renata canta pros noias aquela melodia estranha, de uma riqueza harmônica surpreendente. Dedilha o violão que pela manhã ele havia visto no Old Fashion. Sente a mão de Aguinaldo em seu ombro.

"Padre, qué canto guapo de esta noia. Es ela quien compone?"

"Esta es mi amor, de quien te falava. No, filho, no ha compuesto. Es uma música de mi infância, por isso se la canta em português. La cantante original se chamava Elis y el autor de los versos es Blanc."

Toma-se de simpatia pela amante do pai. Entra, senta na roda dos malucos e ouve solene a execução. Bebe e fuma da marica. Depois, toma do violão e exibe o virtuosismo que o segurou na China pelos últimos oito anos. Renata olha-o encantada, não como a um enteado. Mais tarde ela lhe vai invadir o quarto enquanto ele sonha, talvez com ela. Não é possível resistir a tal ponto, a vigília desarma, quando a penetra já está suficientemente acordado pra saber o que faz. Mas faz.

A manhã o colhe numa ressaca cheia de culpa. Sabe que não foi sonho, que de fato possuiu a mulher de seu pai, riu da nudez do pai, pode virar um filho amaldiçoado. Mas Renata talvez nem lembre, o pai não viu, voltou cedo pra casa de forma a Dulce não o aporrinhar, melhor botar uma pedra em cima de tudo. Nunca mais Júnior se permitiu tocar em festa de noias, nem tocar em Renata, mas também não teve raiva dela, nem a julgou, e mesmo entendeu que seu pai estava feliz com a amante. Foi assim até Dulce dar fim na rival. Enfim, foi melhor a mãe sepultar o segredo que o pai saber de sua traição, seu avanço na legítima.

6

O sonho dos zumbolivanos mal colocados na vida é ir pra China, que os recebe não de braços abertos; há xenofobia por lá. Muitos dos que conseguem a cidadania passam a achar que a preexistente muralha deve mesmo separar os imigrantes indesejados; revoltam-se contra os antigos compatriotas, a quem querem vetar o ingresso no Primeiro Mundo. Antes da Inundação iriam pro exterior lavar privada felizes, em desprestígio a seus diplomas, que também pouco significavam em termos de cultura ou expertise. O ensino no Terceiro Mundo era infame, comandado por empresários que, à busca do lucro, sacrificavam a qualidade. Mudou o horizonte, o lócus de migração e tudo, mas o cidadão zumbolivano, a exemplo de seu predecessor, o, com perdão da palavra, *brazuca*, continua a cultivar a essência do ancestral luso, quer partir, partir, navegar. Essa inquietação de largar o lugar já depredado, ir estragar outro canto.

Os portugueses tiveram êxito em seu tempo de império. Saíram de um quintal pedregoso onde morreriam de inanição e conquistaram o mundo. Espalharam pela Europa a pilhagem que fizeram no além-mar, cunharam uma língua, criaram nações. Seus sucessores no imperialismo, os anglo-saxões, não conseguiram feito igual ao dos lusíadas: a epopeia no espaço deu foi em nada, sem terras férteis em Marte ou povos escravizáveis em Plutão, nem ouro em Vênus, enfim, o planeta Terra esgotou e não se acharam mais recursos. Foi bem feito a China tê-los massacrado, os chineses ao menos respeitam os antigos portugueses, tal e qual os alemães respeitavam os romanos, julgando-se o novo império. Bom pra Bolivana-Zumbi, que se firmou como capital do lado ocidental do mundo. Também não foi ruim pra Macau, Timor Leste, Angola, Moçambique e Cabo Verde, embora menos beneficiados. Ibéria, o país formado da junção de antigos Portugal e Espanha, se conserva como uma estação de veraneio cultural.

Deus loteou a abundância terrena e deu a cada homem sua cota. Pra Aguinaldo e Dulce Ele deu esta Cota-95. Em idos tempos, com as terras planas dominadas pela especulação imobiliária e pelas indústrias, os pobres se viram obrigados a invadir colinas íngremes, e assim se criaram os bairros Cotas em Cubatão: Noventa e Cinco, Duzentos e Quatrocentos. O numerais dizem respeito à altura, em metros, a que cada bairro se achava em relação ao nível do mar, que era na praia de Santos. Hoje o nível do mar é aqui. O convite timbrado que chega às mãos de Júnior dá conta do baile que a igreja dos pais promoverá em júbilo por seu retorno. Sente-se prestigiado. Não tocará mais com noias, mas pode exercer seu talento entre os cidadãos.

7

Em pleno baile eclesial, às duas da manhã, depois que a banda oficial da Bola de Fogo executou vários hits, Júnior é anunciado e sobe ao palco com seu violão elétrico. Leva alguns sambas e cúmbias, com o auxílio luxuoso de um pandeiro, bateria e baixo. Dulce, ufanando-se do suingue do rebento, abre o baile sozinha, rebolando sua exuberância de rabo, o que faz com que Antônio Naves a tire pra dançar. Entretido, Júnior ainda não dá conta do vexame que sua mãe promove ali embaixo, expondo o pai; está no ritmo da batida, faz a galera vibrar, casais começam a tomar conta do salão. Giram colados Don Naves & Sñra. Hernández, empolgam-se, começam a fazer evoluções de gosto duvidoso, o tal samba-rock. Naves descola do corpo dela, sem largar-lhe a mão gira-a, joga-a por baixo de sua perna, apara do outro lado, ensaia passos de foxtrote, os dois começam a fazer espirais, soltam-se as mãos e as balançam erguidas de dedos abertos, sorriem um pro outro como namorados enquanto pulam, para desgraça de Aguinaldo, que não sabe dançar. A dado momento o artista convidado percebe quem está lá no banho de espuma, e ver a própria mãe submetendo a entidade familiar a tamanho papelão o faz parar de tocar no ato. Pandeirista, baixista e batera, contudo, seguram o ritmo, e tudo fica na impressão de que se convida o povo a cantar e bater palmas; e este o faz.

Júnior ajuda Aguinaldo a retirar Dulce do meio da turba e a família volta pra casa. De seu quarto ele escuta a briga do casal, que acaba em reconciliação, e tudo o faz enjoar, ele vomita e vai dormir decidido a não participar de mais nada naquele país, seja entre noias ou cidadãos, elite ou ralé. Há um filho por criar, uma vida madura por seguir, chega de balada.

8

Criar o filho tem sido, afinal, uma fase prazerosa em sua vida. Dias depois do episódio do bebê-foca, Júnior e o filho voltam sozinhos à praia; a avó, em definitivo, não é uma boa companhia. Observa Neto dirigir-se a alguma entidade. Um amigo imaginário:

"Obrigado, menino. Obrigado, Josué."

Júnior agora interfere na pedagogia, questiona os métodos, chegou mesmo a ir ter com a velha mestra, queria tirar o filho da escola.

"Soy la única mestra que ha restado em el mundo. No haverá quien lo eduque."

Este espólio é tudo o que conheceu, do antes sabe apenas por registro histórico. A Inundação matou um país em gestação, restaram estas más-formações, ectoplasmas de um passado de horror, como a velha que tem à frente. Quer voltar pra China, pra Mongólia, passar outro tempo fora, não reconhece seu país, não quer ser parte dele, dessa gente. O pai desmontando a igreja, se jogando na vala com os mendigos; a mãe, uma desbussolada; as pessoas com quem interage, os noias na balsa, os cidadãos. Lá na China era a mesma proporção de gente inócua, Júnior pensa que isso é peculiar da humanidade, mas lá não é seu país, lá não se sente parte. A Bolivana-Zumbi, a isso que sobrou de uma nação, renuncia. Talvez seu pai esteja certo em se juntar aos noias, o país deles é outro, pelo menos. De noite procura Aguinaldo, a ver se chegam num consenso sobre a educação de Neto. Seu filho é um artista, pobre criança. Preso num caixote feito um ganso, a cabeça entulhada de superalimentação, de histórias, informações, um funil indesejado socando-lhe o que não queria, ele vomita, sua alma adoece, incha, vai acabar sendo saborosa aos gourmets feito um fígado roto.

"Júnior, Nilton me puteou. Falou que la abuela está corneando el abuelo, que tu eres um hideputa. Soy entonces um nieto de puta?"

Essas tiradas do filho dão um alento, a vida deve seguir por se manterem as gerações.

Não teve a experiência de irmãos ou primos, mesmo ao filho já o recebeu grande, oito anos. Assusta-se com a presença inventada, o amigo imaginário, talvez interaja com espíritos, vai-se saber. Tenta perguntar, mas Neto desconversa, a brincadeira é coisa sua, não a partilha com os avós, que dirá com esse estranho. Júnior cresceu em plena Inundação, no meio de adultos preocupados em salvar o mundo pra continuar existindo. A única pessoa de sua idade que conheceu foi a muda, mas nem por isso viveu de inventar amigos pra não se sentir só; o violão era sua companhia, como é bom poder tocar um instrumento.

Ficcionista em potência, e não músico, Neto criou o subterfúgio dos amigos inventados: Josué, o companheiro das brincadeiras, e Andaluza, a namorada. Está agora encoxando o braço de couro de uma poltrona, colando os lábios no tecido enquanto chincha a almofada. Júnior vê que o menino tem eriçada uma pequena haste no short, aos oito anos experimenta uma ereção. Ao ouvir o pai tossir sai encabulado, disfarçando, pro quarto. Fica manchada uma boca em saliva no couro da poltrona. Ensaiava beijos na boca de Andaluza. Júnior tenta partilhar o acontecido com Aguinaldo, mas o pai está mergulhado numa tristeza profunda, de muito mais que noventa metros. Amarga a morte de Renata. É um homem arrasado, abaixo de um noia.

Três gerações. Júnior observa de um ponto equidistante o avô, seu pai, e o neto, seu filho. Olhando pro passado, não se vê futuro.

PARTE VII

O neto e sua mestra

1

O senhor Oliveira admira a filha a tomar o pequeno almoço. Tantos orgulhos a miúda lhe deu, e agora de menina resta só aquela doçura, está ali a plena flor, culta, resolvida, independente, uma fêmea capaz de situar-se no mundo a par de homem que a garanta. Isso não era pouca coisa naquele ano de 1922. Não a soubesse donzela era capaz de crer que o baile de début há três meses a havia transformado, que o simples dançar com aquele jornalista anarquista comunista a fizera mulher. A pensar bem, não a podia garantir donzela, Oliveira voltara cedo do baile, não era dado a essas coisas de sociedade, velho e viúvo. Era bem possível que, depois de ter-se ido, o jornalista se dispusesse a descumprir a promessa de levar-lhe a filha incólume pra casa; e foi justo o que fez, o biltre.

Embevecido que está com a própria obra, ele se assusta quando, do nada, entre um gole de café e um bocado de bolo de fubá, Auta leva a mão à boca e corre à casa de banhos por vomitar. Tais enjoos têm sido frequentes, pelo que, zeloso, convence a filha a irem no doutor Silvério, médico da família. O doutor Silvério, após um breve colóquio em reservado com a jovem, dá o diagnóstico fatal, Ela está pejada. Mas como é possível. Iniciou-se sexualmente, oras. Quando e como foi isso. Afonso.

Não se soubesse o velho Oliveira um homem doce, que disporia da vida em prol da filha, seu bem maior, haver-se-ia que prever um dos escândalos familiares daquele tempo. Mas não. Chorando o de praxe, ele logo disse a seu tesouro que não preocupasse, se o crápula não assumisse seu papel, o que se esperava de um cavalheiro, ela podia ter o filho e seguir a vida ali com o velho pai. Nem Auta era como as moças do tempo, que viam no casamento a solução de vida, mas ela queria Afonso. Foi ter com este, levando de argumento, agora, o filho, a ver se o demovia da ideia de manter aquele infeliz casamento. Ele declinou, talvez não fosse tão infeliz quanto dizia. Pois foi assim que, aos três meses de uma gravidez indesejada, e sem se sentir ela própria o suficiente desejada, Auta decidiu dar cabo da existência. Tomou da pistola na gaveta, artefato que jamais seria usado por um pacifista feito Oliveira, e mirou contra o olho esquerdo, puxando o gatilho. Deu sorte, mas não foi só: o instinto de sobrevivência a fez mover a cabeça na hora do disparo. Ela cegou o olho de estilhaços de pólvora, caiu e sangrou, mas não morreu. O feto, este perdeu-se. Curetagem feita, ela catou os pertences e partiu pra vida acadêmica em São Paulo.

2

Quando se deu o golpe de 1964, dona Auta contava sessenta e quatro anos, os dezesseis últimos vividos em Cubatão. Ela veio ao mundo com a promessa de cem anos de admirável progresso, ninguém pensava que o século das luzes, o XIX, se estava apagando, e que o XX seria trevoso. Viu duas Guerras, a Segunda já ao lado de Ventura, seu *acompanhante* de uma vida. Ela própria adotou o termo, mais adequado que *companheiro* — Ventura não era seu amor, só um apêndice praquela mulher avant la lettre. A década de vinte, se no mundo representou um avanço, no país inominável, ao menos pras mulheres, reservava ainda o velho fundo da casa. Claro que só lhe foi dado estudar o que às moças cabia, para ser professora, mas aproveitou bem: o tino negocial, a capacidade de liderança, o talento pra línguas, a articulação e todos aqueles predicados que mais tarde viriam a ser tão incensados, ela já os trazia. De professora a empresária do ensino foi curto o percurso, montou, em casa mesmo, na Cubatão que adotou por cidade, o Externato Paranapiacaba. Ventura varria as classes, passava pano nas carteiras, recebia as mensalidades dos alunos. Era o acompanhante da mulher.

Afonso era um escritor anarco, adepto daquelas ideologias desgraçadas que Auta passou a abominar, principalmente porque na sua ciência, a Educação, comunistas vinham-se infiltrando de maneira perigosa. A Revolução pareceu-lhe o prenúncio de um tempo de prosperidade ao país, em que o saber, que tanto buscava disseminar, promoveria a homens de bem fileiras de meninos meritórios, descobertos nos rincões pobres, como aquele subúrbio onde a escola operava. Não teria promoção pra todos, mas pra luminares, pra gente esforçada, se podia garantir um futuro melhor, e longe do pesadelo do comunismo. Ela não hesitou em integrar, naquele ano de 1965, enquanto representante feminina, as alas da Aliança Renovadora Nacional, partido do governo militar. Já se havia sagrado vereadora num pleito anterior, pelo Partido Trabalhista. Apoiou os interventores municipais e só largou mão quando deu conta do quanto a ditadura militar era perversa e tinha por finalidade destruir, pra além dos comunistas, o sistema educacional pátrio, formando gerações de bois de corte. Encastelou-se em sua escola, onde buscava ensinar aos alunos que restaram, e que diminuíam a olhos vistos. Os pais, atraídos pela promessa da escola pública de uma educação inovadora, que prometia passar de ano sem impor condições, os transferiam paulatinamente. A tal *matemática moderna* e outras panaceias esquerdistas que postulavam dar ao aluno uma adequação a seu meio antes de ensiná-lo a declinar a tabuada de trás pra frente. Pedagogias que àqueles meninos oprimidos nada resolveriam.

Auta debutou num baile do Grêmio Literário de Paranapiacaba aos vinte e dois anos, fruta passando do ponto de colher. Saiu da conservadora Guaratinguetá pra capital com seu pai; formada, falava línguas e tocava piano. Afonso, uma celebridade literária com renome pelos melhores jornais de São Paulo, tirou-a para dançar e, da dança, aquela conversa com trechos em francês e menções a uma Paris de aventuras foram encantando a jovem da tal sorte que ela se entregou. Julgou que a tomasse por esposa, mas Afonso não havia esclarecido ou, se o fez, fê-lo num francês incompreensível e turvado pelo encantamento, que era já casado. Os dias que seguiram só foram toleráveis graças à companhia reconfortante dos cigarros Beverly, que Auta adotou como instrumento de fuga à ansiedade, depois de roídas as unhas até o toco. Teve surtos histéricos, buscou Afonso por várias ocasiões, terminaram na cama a maioria delas sob promessas que não se vieram a concretizar, até que ela cansou. Tomou por esposo o apaixonado e insípido Ventura, acompanhante de uma vida. Foi melhor, Ventura a fez realizada, nunca a impediu de brilhar, como talvez fizesse Afonso. Muitos cigarros Kent e Yolanda sucederam aos Beverly, por fim conformou-se aos Continental, com filtro, fortes na medida certa, sem gosto de papel queimado. Pra além dos cigarros, do retrato de Paulo Freire em que cravava percevejos com recados malcriados, das notícias sobre as glórias literárias de Afonso, dos peidos e do chinelo arrastado de Ventura, tinha sua arma de cedro, com que fazia o terror do corpo discente. Uma tabuada não decorada, uma lição de casa não feita, um pacote de giz que os pais esqueceram de comprar, resultavam em bolos de palmatória. Quando batia pensava nas mãos de Afonso, nos dedos escrutinadores que um dia a fizeram tão feliz.

3

A escola convoca os avós por conta de uma indisciplina. Neto questionou, durante a aula de ecologia, o fato de Jesus ter exercido a profissão de carpinteiro. Dona Auta mandou chamar Aguinaldo e Dulce, explicar que educação era aquela, afinal, se não temiam perder a guarda, não bastassem as comilanças de carne de caça por parte da avó, que pobre criança. Estariam ensinando coisas abomináveis, destruição de Natureza, gula, concupiscência? Sim, irmão Aguinaldo, concupiscência, também dá na vista a sua patifaria com a noia. Ela é sua colaboradora, onde se ganha o pão não é cristão comer a carne.

Os avós tiveram a conversa de praxe com o aluno, que prometeu ser um bom menino. Na primeira aula a que comparece depois disso, a preceptora mostra um vídeo do tempo pré-águas: uma atriz posta-se numa esquina, com um cartaz onde autoriza os transeuntes a interagir consigo como queiram, não vai esboçar reação. As pessoas tentam fazer graça, ela não dá sorriso, tentam impor-lhe um susto, nada, depois passam ao toque. No começo afagos, logo chegam aos beliscões, a determinado ponto estão socando aquele corpo inerte, mas que sabem vivo. Nesta hora há intervenção de seguranças, para-se tudo e a performance recomeça.

"Este vídeo, filhito, foi realizado em la primeira década de nuestro século. Es um ejemplo de la naturaleza perversa de los hombres de aquele período, que tinham em la violência su marca registrada, la maldade como genética, el podrido como constituicion de sus almas. Los hombres viviam em sociedade y estabeleciam um direito porque la liberdade de um ia hasta la reacion del outro, y se equilibravam. Assim destruíram el mundo antigo, acabaram com el planeta. Vamos fazer uma analogia, entonces. Analogia quiere dizer que vamos a fazer la mesma cena com outros elementos. Qual es el ser vivo que jamás puede esboçar uma reacion?"

O menino abre as mãos e estica o beiço inferior, a demonstrar que ignora a resposta.

"La árbole. Uma árbole es preciso lo que esta atriz representa. Usted puede bater, pregar, cortar, arranhar, escrever el nombre de su namorada dentro de um corazon em la cáscara, que ela não vai reagir. Y por isso los hombres de antigamente quase acabaram com las árboles, y por isso foi necessário acabar com eles, solo deixar vivos los capazes de respeitar uma forma de vida indefensa."

Neto gostou da ideia de escrever no tronco do pau-ferro o nome *Andaluza* em confronto com o seu, e envolver o binômio num coração feito a canivete, mas nada falou à professora. Já tinha visto em fotos antigas tal tipo de sentimentalismo antiecológico. Havia algo de poético na crueldade dos antigos, faziam joias lindas dos dentes do elefante. De volta à casa do avô diz que correu tudo bem na aula, e saca uma pergunta:

"Buelo, esse frango que comemos otro dia era de donde, que estão los mesmos diez frangos em el galinheiro?"

"Ha diez porque havia onze. Y no me fales más de isso."

Ele desconversa e envereda por um assunto que distraia o neto, o prazer que era dirigir um automóvel. Conta do carro que havia comprado seminovo quando jovem, e que lhe deu alegrias por quatro anos, de como botava o som a todo volume e pisava o acelerador, correndo o quanto quisesse, indo por onde quisesse, sem essa história de carro público, GPS, motor elétrico, conta do prazer que era flertar com a morte, sua e alheia, nos perigos do trânsito de antigamente, a velocidade, as curvas derrapadas, cantadas de pneu, motores escandalosos.

"Y donde está el carro, Buelito?"

"Antes que la Inundacion yo vendi."

"Y quien lo comprou?"

"Vendi para unos chicos bandidos. Era um carro muy rápido, bueno para assaltos de banco."

Segue contando pro neto como era o mundo pré-Inundação, quando havia muitas, muitas pessoas, quando havia perigos verdadeiros, e nunca vinha de animais da floresta, o perigo estava nos outros seres humanos. De como ter um carro significava poder. Hoje está proibido, é chamar um e usar pelo tempo necessário, e ele se dirige sozinho, na velocidade que ele quer, faz o caminho que ele quer. Não se sabe quem foi o escritor louco que criou este novo mundo, mas uma coisa é certa, ele não tem a menor graça. Assim como as cidades imaginárias de Neto parecem lindas pra ele, mas pra Aguinaldo, que acompanha o brinquedo, enfadam, a cidade de um nunca é a cidade de todos. A criança que constrói cidades equivale a um escritor de distopias.

4

Dona Auta discorre sobre linguística:

"Pleonasmo es uma figura de linguagem donde se repete lo sentido de las coisas sem necessidade. Por ejemplo, subir para riba, descer para baixo, faz años atrás. Más maior. Cometer um pleonasmo es sinal de falta de cultura."

"Crente hideputa es pleonasmo, mestra?"

"Como?"

"La namorada de mi abuelo ha falado que todo crente es hideputa. Entonces, quando se diz crente, já se diz hideputa?"

A professora chama Aguinaldo mais uma vez. Neto está de castigo na frente da classe, um cone na cabeça onde se lê a palavra *asno*. Aponta o avô e pergunta ao neto:

"Seu abuelo, este que aqui está, es um hideputa?"

"No, señora."

"Mas ele es crente. Assim como yo, tu abuela, tus amigos, todos los zumbolivaños, menos la escória. Tu eres de la escória, por acaso?"

Dona Auta usava métodos intimidatórios, sua pedagogia era já obsoleta no pré-águas. Humilhação, castigos corporais, exigência de memorizações além das forças. Depois de uma série de constrangimentos, frente a um inerte avô que, se não concordava com a disciplina, também nada opunha, a mestra buscou na gaveta um instrumento de madeira escura, uma espécie de espátula de bolo, com um furo no meio. Ordenou que Neto lhe estendesse a mão direita espalmada e aplicou dez golpes de palmatória, sem se afetar com os gritos do paciente. Ao fim, decretou que *um crente es um hombre bueno*, repita. O menino repetiu e recebeu, como pena, digitar oitocentas vezes essa frase, sem uso dos recursos copiar e colar, devidamente bloqueados em seu foneportável. Depois de longo período de soluços e latejamento da mão Neto se dirige ao avô:

"Buelo, no voy más estudiar. Matame, se quieres, que no voy más."

Com uma profunda dor no peito o avô busca desconversar e convida para uma brincadeira que lhe parece redentora:

"No fales isso. Y también no puede dizer a los otros que yo tenho uma namorada. Quier brincar de dirigir?"

"Como es este brinquedo?"

Toma o neto pela mão dilacerada, esperando que o carinho da sua velha pata cure a dor, e o leva até a rua. Do aplicativo do foneportável chama um carro com dois lugares. Chega um velho Mercedes compacto, ele aperta o leitor de impressão digital, a porta abre, e sentam. Afivela o cinto de segurança, o menino vai no colo do avô, no lugar de um suposto motorista, em frente ao coto de um volante amputado. Aguinaldo então saca do bolso um círculo de plástico e faz de volante. O carro começa a andar, silencioso, é um adaptado a energia elétrica. O avô faz onomatopeias de motor a combustão, ronca, arrota, grunhe, tudo na conformidade dos avanços e freadas que o carro vai dando por ordens do GPS. Neto não vê graça no brinquedo, parece uma estupidez sem precedente, mas fica feliz de ver o quanto o avô se diverte em sua nostalgia de piloto de fuga. Com pena do velho releva o castigo e dispõe-se ao sacrifício que é voltar pra escola na manhã seguinte.

"Tinhas que conhecer a Speed Racer, filhito."

"Quien es?"

"Um herói. Como Ayrton Senna."

"Quien es esse outro, abuelo? Qué nombres estranhos."

Neto sente pena do avô, que sente pena dele, tão surrados os dois pela palmatória dessa vida hideputa. Num cruzamento o carro para, um noia se aproxima do vidro, máscara de pano a cobrir nariz e boca. Dá um sinal de positivo, pede permissão de compartilhamento, que se concede, por educação. O noia saca um foneportável e aperta uma tecla, os aparelhos de Neto e de Aguinaldo soam, olham a tela que exibe uma propaganda qualquer com um pedido de esmola. Foi esse o resultado da tal inclusão digital.

"Buelo, que es inclusão digital?"

"Es meter um dedo ao culo de los pobres, filhito."

5

"Hoje papá vai assistir uma classe contigo, filhito."

Júnior está empenhado em construir vínculo de paternidade, os avós acham saudável, e até oportuno, alivia-lhes a carga. Dona Auta mostra ao pai ressurgido as instalações do Externato Paranapiacaba, uma casa de madeira caindo aos pedaços, carteiras conjugadas cujo espaldar sustenta a tábua do aluno posterior. Mas Neto é o único aluno.

"Meu orgulho es esta escuela, filho. Paranapiacaba quiere dizer *el punto de donde se mira ao mar*. Siempre se chamou assim, desde el tiempo antigo. Grandes vultos de la cultura estudiaram y se formaram aqui conmigo" — na parede se divisa o retrato de um menino triste, de orelhas grandes e cabelo partido ao lado. — "Hoje em dia es adequado el nombre, convenhamos, el mar está bien aqui a la puerta, jajajajaja. Es uma pena que no tenhas estudiado tu conmigo. Anda assistir la classe de hoje, voy ensinar Física, el sistema de energia elétrica."

Júnior instala-se na carteira às costas do filho, de forma a não atrapalhar a aula. A velha explica como hoje em dia, com a sensível diminuição da população mundial, singelos cento e dez milhões de almas contra os oito bilhões do passado, é possível se moverem todos os transportes à base de energia limpa: elétrica, nuclear ou queima de hidrogênio. Os antigos motores a combustão de fósseis foram responsáveis pela tragédia ambiental, e isso quando já havia plena condição de se produzir energia de fontes limpas, em especial a elétrica, que se sacava das águas ou dos ventos. A dado momento diz uma metáfora que soa poética aos ouvidos de Júnior:

"Estocar vento."

Fica sabendo que houve grande grita contra essa frase no pré-águas, que se a buscou ridicularizar, mas que era a energia eólica senão o aprisionar do fugaz vento, que passa e some, estocá-lo? Estocar a bondade de Deus, não a desperdiçar, não fazer a desfeita de jogar fora tamanha dádiva, que a energia de Deus flui eterna e generosa, podemos estocar pro tempo das vacas magras. Que tempo de grandes linguistas, de poetas, pode ter sido a antiga civilização. Certo, dizimaram a vida no planeta, mas havia gente que produzia coisas sublimes, explica dona Auta. O velho Ventura entra no banheiro.

"Filhito, de lo humano antigo, sacadas las metáforas, sobrava muy pouco. Havia poetas y havia também los equivalentes de los Strange-Fruiters de hoje, mas los antigos Strange-Fruiters, los milicianos, eram considerados más importantes que los poetas. Aquele era um mundo estúpido."

Dos Strange-Fruiters lhe havia falado Aguinaldo na noite anterior. Disse que se reuniam às escondidas, com beneplácito da China, e que operavam seus crimes de maneira estilosa: elegiam a vítima e a penduravam pelo pé, cortando a veia do pescoço, esvaindo por gravidade até pender um corpo lívido, estranha fruta dessangrada, da árvore. Quando se achava um espólio desses balançando ao vento sabia-se que a milícia havia agido para o bem da sociedade de bem. Aí era colher e fazer ração pra peixe.

"Yo tenho medo de me topar com um Strange-Fruiter, Júnior."

"Chama-me padre. No soy tu hermano mayor."

"Mi padre es mi abuelo."

"Vale. Yo también tenho medo de eles."

"Viste? Um padre no puede ter medo. Mi abuelo no tiene medo de nada."

6

Quando Júnior vai, no dia seguinte, buscar o filho, encontra-o de costas pra sala de aula, chapéu de burro na cabeça. Neto chora uma injustiça.

"Isso es para aprender a no mijar em el piso" — dona Auta justifica ao pai o castigo.

"Yo ni fui ao banheiro hoje."

"Es verdade. Mas isto são gotas de ontem."

Não há outros alunos e a velha mija sentada, é o que espera Júnior. Lembra no dia anterior ter visto Ventura entrar no lavabo. A mestra e o marido moram na escola, o banheiro que usam alunos e moradores é o mesmo. Ventura ia bem acabado, claudicante, prostático, se arrastava pela casa atrás do sobrinho Nilton, marginal que ali passava o dia enquanto a mãe ia se virar catando entulho. Nunca o conseguia alcançar pra um corretivo. Teriam morrido ele e a mulher ainda naquele 1974, não se explica como parelha e escola reapareceram depois da Inundação, se por transubstanciação, metempsicose, a que processo mágico o mundo fora submetido. Aguinaldo, ainda trabalhando na fábrica, teve ocasião de localizar uma rua com o nome da mestra, e não se atribuem nomes de pessoas vivas a logradouros públicos, sabia-se que havia morrido. A pedagogia de caserna revolta Júnior:

"Como se puede garantir que no foi don Ventura quien mijou em el piso, ou su sobrino? Mas nem el sobrino yo creio que pueda ser. Es más fácil um velho mijar em los pés que um chico. La bimba es más flácida, no?"

Ventura, indignado, exagera um acesso de tosse, simulando ser vítima de uma acusação injusta, dona Auta explode ante a insubordinação do pai de aluno.

"Se quieres, saca tu filho de la escuela."

"Es lo que voy a fazer. Voy dizer a mi padre que encerre el contrato com este quartel de mierda."

"Quiero ver donde vai encontrar quien lo eduque."

"Educolo yo mesmo. Soy el padre."

"Padre, me cambia de escuela, por favor. Yo no gusto de aqui."

Júnior exulta, é a primeira vez que o chama pai. Cata o filho pela mão e vai saindo.

"Por favor, antes de ir venha a mi estúdio. El chico se puede quedar brincando com Nilton."

O sobrinho da velha apresenta dois carrinhos de metal Matchbox, antiguidades raríssimas, a Neto. Ele lança uma mirada condescendente ao pai, aquela moeda é valiosa o suficiente para se submeter até ao abuso do delinquente. Sem perspectiva de que algo o possa fazer mudar de opinião, Júnior se dispõe a ouvir:

"Eres um artista, yo lo sei, um músico. Lastimo que tu padre no tenha te puesto a estudiar conmigo. Nasceste em los tiempos de la Inundacion, no es tu culpa. Yo formo, desde ha mucho, generaciones de artistas aqui. Mira este chico de la foto."

A foto do menino triste, de cabelo partido ao lado e orelhas de abano, ultima a galeria de ilustres do Externato Paranapiacaba.

"Acaso sabes quien es este chico?"

"No. Pelo jeito alguma vítima de tus métodos. Nunca he visto criatura com faces tão desgraciadas."

"No lo fiz assim. Já chegou triste a la escuela. Y no voy me ofender com tu revuelta. Dios es duro com sus filhos, mas es por amor, no para que sofram, sino para que aprendam. Senta-te."

Júnior lança as nádegas num sofá rasgado, e a velha as suas na cadeira que faz jogo com uma escrivaninha lamentável, de madeira escura e ensebada, a palmatória entre folhas de papel almaço.

"Por supuesto já ouviste falar del escritor."

"Por supuesto."

"Bien. Lo que no sabes es que ele, tu abuelo postizo, es exatamente el chiquito triste de esta fotografia. Yo que lo ensinei a ler y escrever. Gracias a mi conheceu los clássicos de la literatura y se tornou lo que sabemos nosotros. Anda cinco fotos para atrás."

Júnior conta cinco alunos em preto e branco e paira sobre a foto de outro menino de modos retraídos.

"Que tiene?"

"Se chama Afonso. Não foi mi aluno, pero mi contemporâneo. Amei este hombre. Neto es um escritor, como ele. Es a tu filho quien toca seguir escrevendo la saga de esta tierra. Tu eres artista y tiveste que sair de tu país porque aqui no quedavas vivo. Tu filho deve quedar, es su mission. Mas no va pueder escrever se no aprende a fazerlo. Creia, solo yo lo puedo ensinar, com estes métodos que usted detesta, mas que são los correctos. Soy la única mestra que ha restado em el mundo."

7

Júnior, agora investido de paternidade, é a favor de tirar o filho da escola, Aguinaldo quer manter, não há outra. O conselho do patriarcado, avô, mais pai e neto, decide se reunir, pra deliberar, no sítio do bisavô, o escritor, em Mogi das Cruzes. Um quatro-lugares atende o chamado do foneportável de Júnior. Embarcam. Em Poá uma professora de História sobe ao lugar vago, vai à Fundação. Quando chegam ao que para eles não é Fundação, mas sítio, escritor e bisavó os recebem com festa. A velha cunhã cozinha alguma coisa, o biso tem o olhar distante, todos confraternizam. A professora segue aos cômodos daquilo que para ela é a Fundação, a ver se adianta sua tese sobre *interfaces da História recente com a literatura do fim do mundo*. É possível que voltem no mesmo comboio, o sistema de aproveitamento total e otimização do uso de energias é perfeito.

"Donde es la sala de informática?"

"Por aqui, señora" — a bisavó leva a acadêmica a um dos quartos, para que converse com o avatar de seu companheiro pelo monitor. O escritor fala em português, força a professora a uma compreensão.

"Eu, que sobrevivi, narro daqui, de Mogi. Dizem os oficineiros de literatura, esses merdas, que é mau recurso narrar rimando. Pois eu narro. Depois de um certo ponto a gente subverte regras, cria estilo próprio, sabe? Não gosto da mescla de língua, no meu tempo o nome dessa bosta era portunhol, e era bastante infame falar assim, demonstrava ignorância de dois idiomas que se devia por obrigação conhecer. E ainda queriam falar inglês, aqueles putos. Narro pro passado e pro futuro, daqui deste presente, jogo minha garrafa nestas águas sem esperança que alguém leia. Veja a senhora, agora o sítio virou casa de praia, igual ao ferro-velho do meu enteado. Me mostre o bico do seu peito."

A professora reluta, o homem na tela do computador a sabe envolvida, aprendeu a seduzir suas leitoras. Vem praticando o sexo virtual com ela há meses, convidando-a, finalmente resolveu visitá-lo. Não vê, no circunspecto sitiante que faz parelha com a velha indígena lá fora, sombra desse que lhe fala na tela. Não há, no pacato bivovô, resquício do escritor carnívoro, mas a acadêmica está acostumada com o choque entre persona-literária versus humanidade-do-autor. Ela abre a camisa e mostra um seio outonal, começa a passar a mão sobre o sutiã, vai abaixar quando a avó entra na sala tossindo. O escritor se recompõe na tela, já exibia o indevido.

"Comprei o sítio por ter convivido com gente da roça expulsa pras franjas urbanas, pras favelas. Aprendi com eles o que era uma vaca, uma égua, como fodem os porcos. Veja a senhora, o funk urbano faz menção ao mundo rural, os índios dançam música eletrônica, os caipiras pensam que são cowboys. Eu tinha essa nostalgia da vida no campo, por isso comprei o sítio."

A velha indígena se retira da sala.

"Vamos lá, meu bem, deixa ver seu peitinho."

Lá fora Aguinaldo conta pra Júnior e Neto sobre o escritor, seu pater putativus, é um privilégio poderem vir aqui. Quando se deu a Inundação, Aguinaldo achava que não sobraria vida na Terra além dos que estiveram na balsa, ficou surpreso por, numa expedição saudosista ao sítio da infância, encontrar o padrasto e a mãe. A memória confunde, achava que tinham morrido, não sabe direito, nem a língua antiga lembra mais, sem que desse conta viu-se falando zumboli, não entende mais o português americano. A casa tinha se transformado num sítio cultural, a tal Fundação, parece até que foi tombamento. Não faz ideia de quem tenha sido o tal escritor, conheceu apenas um father in law protocolar, correto, metódico, amante de leituras infinitas e, no mais das vezes, chato. No entanto, tal criatura parece fazer sentido pro último da geração: observa em Neto uma interação incomum com o bisavô, entendendo até o português que este fala.

"E sem o dizer, sem que faça ruído, Ele está lá, sabem por revelação, é Ele quem os guia. Compreendes?"

"Sim, biso, yo compreendo."

Júnior e Aguinaldo não entendem aquela língua que o patriarca fala. O velho escritor mostra o barracão de ferramentas, o chiqueiro. O porco diverte a criança.

"Biso, yo adoro los puercos."

"Eu também adorava. É porcos, que fala, não puercos. São os animais mais próximos da gente. Na verdade, acho eles melhores. Têm a capacidade de esquecer que nós não temos, o cérebro de um porco é pequeno, o nosso é pesado, meu filho. Não lembram, não podem narrar, não vão contar sua história. A diferença é que nós escrevemos."

Neto sabe que é uma broma do biso, compreende-o, tais coisas pro avô ou pro pai seriam grego, ou português. O que faz inteligível é o sentido oculto que ele empresta ao que diz, e que a consciência de outro contador de história permite compreender. Neto é um deles.

"Os vikings eram considerados um povo violento porque não escreveram eles próprios a sua história, mas os povos que conquistaram. A voz do dominado teve a narrativa, entende? Fizeram deles bárbaros, contaram isso deles. Os ingleses, mais violentos que os vikings, eram vistos como lordes, pois eles mesmos narraram sua aventura. Por isso a voz narrativa tem que ser nossa, entende? Você que vai contar a história dessa desgraceira. Que nem os grandes mestres latino-americanos mostraram pro mundo o que era a crueldade da dominação do Norte, no tempo antigo. A narrativa deles foi maior que a dos próprios dominadores, por isso o império ruiu e a literatura ficou."

Voltam à noite, não se permite outra visita no prazo de seis meses, deixam lá os velhos bisavós cuidando da Fundação, atendendo outros pesquisadores do Além, gente improvável atrás da literatura do escritor. Ao final da excursão, sem que pai e avô cheguem a um consenso sobre o projeto educacional de Neto, o próprio interessado lhes pede:

"Me continuo com dona Auta, padre y abuelo. Yo preciso escrever, y solo ela me puede preparar."

8

Aguinaldo passeia com o neto à beira-mar. Uma legião de aves mortas veio dar à margem, o menino olha pro céu e nada voa, o avô explica que não são pássaros, mas pinguins. Moram no polo Sul e estão morrendo de calor e saudade.

"Dona Auta falou para mi. Ela ha cuentado que la Tierra está fagocitando la Tierra, porque los hombres foram malos. Agora vai mejorar, que solo quedam hombres buenos."

"Su professora está cierta. Mas nosotros que ficamos, los buenos, todavia tenemos la obrigacion de limpar la sujeira toda de los hombres malos del passado, y no fazer más maldade. Que es fagocitar?"

"Es comer, engolir, envolver. Buelo, nosotros otro dia fagocitamos uma ave selvagem no jantar. Isso no es crime? Nosotros somos hombres malos?"

Voltava ao assunto do macuco assado. Ele se desespera e implora que o menino cale, aquilo era tudo brincadeira da Buelita, claro que era só um frango caipira, uma galinha-d'angola, um bicho desses, nunca se poderia matar um macuco.

"La Buelita sabe que el Buelo tiene medo de la Lei, parece que ela siente, lê mis pensamentos, entonces fica brincando de esse jeito sem graça."

"Eita, Buelo. Ela blutufa lo que usted piensa?"

"Blutufa?"

"Isso, se ela capta la onda de su cabeça."

"Ah, sim. Ela es bruxa."

Conta pro neto dos corredores de mata reflorestada, das esparsas ilhas agricultáveis isoladas por cercas, da preservação da fauna, que os chineses deram provas de serem organismos capazes da simbiose, coisa que os colonizadores antigos não foram, por isso se deliberou seu extermínio. Fala sobre células que atacam invasores do corpo, uns tais glóbulos brancos, e sobre micróbios benéficos, como os da flora intestinal. Nós, remanescentes, somos os faxineiros do planeta, micróbios bons, a própria flora. Os chineses são os glóbulos brancos, que mataram os micróbios nocivos, os homens maus. Neto vai perguntar à mestra se é aquilo mesmo, ela confirma, feliz por seu aluno ter em casa uma boa preparação.

"Entonces la gente solo puede viver se for em la mierda, el intestino del mundo?"

Diverte-se com a inteligência do pupilo. Alivia, também ela, o rigor de seu método. O menino promete.

9

Depois da conversa com o bisavô tudo transcorre em paz. Dona Auta aguarda Neto com um sorriso maternal, quando ele chega abraça-o contra o ventre flácido, o menino sente cheiro de urina e mofo na camisola da velha, que fala em bom português:

"Bom menino. No futuro, se houver futuro, tua fotografia vai estar na galeria dos notáveis do Externato."

"Qué disse, Mestra?"

Ela se aproxima do aluno e o toca no peito, no buraco do esterno, entre os dois mamilos, afunda o dedo ali. Uma dor se apresenta, um choro, e logo um entendimento:

"Entendeste, e de agora em diante só vou falar contigo nesta língua, pois é nela que vais escrever a história."

"Qué história?"

"Não sei. Tu que vais contar. Vê se contas direito. Agora vamos estudar."

Na tela de plasma a velha faz surgir a foto de um pombo gigante, do bico encurvado, um animal pré-histórico ao qual dá o nome *dodô*. Neto acha que é uma aula de literatura e que a mestra está preparando uma exposição sobre a *Alice* de Lewis Carrol, já leu esse livro, aparecia o dodô nele; mas a aula é de ciências; trata-se do primeiro animal extinto pela mão do homem. Os seres e as espécies na Terra têm um tempo de vida, nada é eterno, só Deus, filhinho. As extinções no passado dos éons se davam por grandes cataclismos. Assim foi com os dinossauros, por exemplo, foram exterminados do Cretáceo pro Paleoceno por conta de um meteoro.

"Como este que quase nos extinguiu a nosotros?"

"Pior."

Ainda não é hora de se contar pra uma criança em aprendizado que não houve meteoro, que o próprio Homem se destruiu.

"Vivemos o chamado Antropoceno, filhinho, ou seja, as mudanças que acontecem no planeta se dão por ação duma insignificância feito o Homem. Mas, você me vai perguntar, como pode um micróbio inofensivo diante de tanta magnificência causar a destruição, e eu respondo, do mesmo jeito que um vírus mata um organismo gigante."

"Uau."

"O dodô era um pássaro do tamanho de um cachorro, vivia em paz numas ilhas chamadas Maurício. Derivou do mesmo ancestral que deu no pombo da Europa, aquele do Espírito Santo. Na ilha, sem predador, esse pombo, gordo feito um burguês, não precisava voar. O dodô era uma ave terrestre, não tinha que fugir do perigo, ninguém o caçava. Proliferava à vontade na ilha quando o Homem chegou e viu aquele galinhão gordo, carnudo, que botava um ovo suficiente a fazer omelete pra cinco cristãos."

Neto lembrou do macuco e de sua avó.

"Além de caçar o dodô sem piedade, o colonizador ainda introduziu lobos e felinos nas ilhas. Desse modo, até o século XVII a pobre ave resistiu, depois foi, preste atenção nesta palavra, *extinta*. Que nem tantas outras espécies, os bisões do Oeste norte-americano, várias famílias de baleias, que nem nós mesmos quase fomos. Extintos por nós."

Voltam a falar zumboli.

"Mas todavia nos quedamos aqui, mestra."

"Ou piensamos que nos quedamos, no es mesmo, filhito?"

Ela segue falando do aquecimento global, que deve ser suplantado por uma nova glaciação. Depois que este calor infernal passar daqui, depois que se estender pros trópicos e até pras zonas temperadas, o gelo vai retornar com tudo, o polo vai reagregar a água que desceu e Atlântida vai ressurgir em sua glória, tudo o que um dia foi alagado vai brotar, menos a Língua, porque não estaremos aqui. O aluno fica assombrado com o conhecimento da velha, não tem outra explicação ela saber tanto senão o fato de ter presenciado tudo. Deve ser eterna, a bruxa.

"Mestra, y como viveste tanto tiempo?"

"Filhito, no vivi. La gente vive la tal vida eterna desde siempre, como usted, como todos nosotros, estamos muertos faz muito tiempo. Ou piensavas tu que esta es la tierra ideal, com poucos eleitos, el paraíso? Filhito, filhito, solo haveria paraíso se fosse para todos, y isto no es más possível, um *todos*. Todos se foram."

"Entonces que fazemos nosotros aqui?"

"Estamos aqui para limpar la grande cagada. Y tu, para escreveres."

O menino digere as palavras em silêncio. Um rinoceronte branco o prende contra a parede, a pata descomunal sobre sua barriga. Sente a dor descer até o pinto, uma vontade de urinar ou chorar, uma tristeza. Talvez mais tarde isso vire uma vontade de gozar.

"A vida humana, filhinho, é esta impermanência. Nós passamos, mas ao passar vamos arrasando. Não podemos mais proliferar, hoje não se pode passar destes dez milhões fora da China. Não tem pra todo mundo. Se procriarmos precisaremos de outro planeta, e já não há. Pra controlar a população hoje paramos de procriar, é mais civilizado, antes os homens se matavam uns aos outros. As ideologias eram uma forma de preservação da espécie, se os homens não se matassem por elas morreriam à míngua com sua comunhão. Não tem hóstia pra todo mundo, filhinho."

Neto tenta mudar de assunto, aquilo lhe faz mal, não sabe o porquê.

"El divorcio es proibido porqué entonces, mestra? Se las personas não devem procriar por qué precisam quedar casadas?"

"O casamento é sagrado. Se fala isso por causa de seu avô, fique sabendo que Eclésia nunca vai permitir o divórcio, então não se trata de mudar a lei. Teria que mudar Eclésia, e seu avô não pode criar uma Eclésia particular pra casar com outra."

O menino pensa que se viesse a casar um dia com Andaluza nunca que iria separar; até porque não há outras meninas no mundo. Exercício pra fazer do menino escritor, a velha aproveitou sua capacidade de fabulação, amigos e namorada imaginários e pediu que se comunicasse em português zuca com eles dali por diante. A lição de casa foi uma carta de amor para a namorada, que Neto apresentou na segunda-feira pela manhã.

> Andaluzinha, minha linda. Eu tô na mó seca de encontrar com tu de noite, pra gente dá uns cata. Hoje de tarde pensei em tu e bati punheta. Nilton me falou que a gente deve bate punheta pensando numa mina que a gente gosta. Tu é meu amor, sonho toda mão com dá um beijo na tua boca, deve ser da hora. Meu biso devia não ser tão cuzão e fazer você existir de verdade, não uma projeção de minha vontade de escrever, ser uma mina de carne e osso, que nem eu, quer dizer, se é que eu sou um moleque de carne e osso, e não uma projeção da mente doida do meu biso. Sei lá, essas coisa de existência é cabulosa mesmo, a gente nunca sabe se existe de verdade ou

se foi escrito feito uma personagem por um escritor maluco, Deus deve ser um escritor muito louco. Enfim, no mundo que eu criei pra gente você existe, e é bem legal dá uns cata em tu de faz de conta. Afinal, se eu for pensar que tu é só uma invenção, assim como Josué, eu vou ter que admitir que tudo é também invenção, não minha, mas de um Deus que nem sei se existe, e que escreveu a história onde existo eu. Então, se a vida é uma literatura de toda forma, prefiro eu mesmo escrever uma história legal onde eu amo tu e tu ama eu e a gente é feliz e os amigos que a gente vai ter nessa vida são de fato gente legal, não esse bando de filha da puta que meu biso criou, ou que Deus criou, sei lá.

Teu,

Neto

A velha anota qualquer crítica ao uso de termos chulos e vulgaridades, mas o próprio aluno insiste que a língua era vulgar, não se tornara culta, estava em plena formação quando as águas vieram. Ela concorda que, do ponto de vista literário, o trabalho atingiu os objetivos.

Quando sai da escola Neto surpreende-se com o escritor no quintal. Alegra-se e corre pra ele. Depois de alguma festa questiona:

"Biso, es um mundo muy hideputa este que usted criou. Vivo solo, inventando amigos y hasta namorada inventei. Mis compañeros são personas velhas y chatas."

"Eu sei, filhinho. Creia, é melhor não ter amigos. Já te basta Nilton."

"Mas Nilton no es mi amigo, es um hideputa."

"Todos os que eu te arrumasse seriam."

10

Josué estende pra Neto um envelope cor-de-rosa, de menina.

"Obrigado, menino. Que es isso?"

"Uma cartita. Lê."

O mundo de Neto é povoado com seus dois bem-quereres: Josué, o amigo, e Andaluza, a namorada. O menino-escritor começa ele próprio a se assombrar com o fato de sua personagem passar a existir num plano além da imaginação. Resolve falar em português zuca com o amigo.

"É de Andaluza. Por que mandou por você, não me entregou direto, ou veio me falar, em vez de escrever?"

"As mulheres são imprevisíveis, meu biso falou. Nem sei o que tá escrito aí" — Josué fala a mesma língua.

"Tu agora tem um biso?"

"Uai. O mesmo teu, o escritor."

"Eita. Então a gente somos primo."

"Sei lá."

Neto abre e lê em voz alta, o amigo é digno de sua confiança. Ademais, não haveria outro moleque pra quem ele revelar o conteúdo:

Mano,

Chegou nas minhas mão, pelo biso, a cartinha que tu escreveu, e resolvi te responder na mesma língua. Velho, dá pra ver que tu é muito cabaço mesmo. Um moleque não pode ir apavorando a mina assim, meu. Puta falta de educação falar esses bagulho que tu mim falou. Sem noção. Então vou parar por aqui com este palavreado tosco e te escrever como uma namorada:

Neto, meu amor,
Eu fiquei balançada com as palavras que você me escreveu. Embora elas traduzam numa primeira leitura qualquer exagero e falta de tato, fiquei lisonjeada de te provocar tanto frenesi. Por mais que uma mulher abomine a forma animalesca com que um homem a aborda, o instinto é uma coisa suprema, a gente sempre fica feliz. Só que não posso dar demonstração disso, sob pena de cair na vulgaridade, o que vai te afastar de mim. Eu tenho planos pro nosso futuro, a gente casar ser feliz ter dois filhos Kauan e Kauane um cachorro golden retriever bem peludo e uma casa no sítio e um carro na garagem e churrasqueira. Não se assuste de eu já falar assim, mas é isso que eu quero, e que toda mulher quer.

Teu biso é um machista do caralho, claro que essa concepção sobre os desejos de uma mulher é dele, que me escreveu, como escreveu a ti e a tudo. Nem Freud sabia o que quer uma mulher, meu querido.

Ó, escreve pra mim, mas não nesse estilo brazucoloquial do escritor. Quero uma carta romântica, bem formal, pra eu me sentir valorizada.

Beijo, ti amo

Andaluza

"Que merda é essa, Josué?"

"E tu pergunta pra mim? Vai, responde a mina. Vou esperar tua carta aqui, levo pra ela."

Envolvido no brinquedo, que tomou destino próprio, Neto senta no chão e escreve. Sela um envelope, não deixa Josué tomar conhecimento da resposta. A ver onde vai dar isso.

Querida Andaluza,

Eu temo que não me vá saber expressar corretamente nestas maltraçadas, mas o seguinte é este: a vida conjugal, monogâmica, que você propõe, tem-me deixado assustado. Eu sinto que estando preso por um vínculo afetivo tudo me há de contribuir para uma limitação da criatividade que haverá de inviabilizar a literatura e, assim, terei perdido a função, a finalidade, o destino para o qual meu bisavô me criou. Aliás, você tem um bisavô também? Tal e qual Josué? Será o mesmo bisavô meu e dele também? Neste caso seríamos parentes e cometeríamos incesto?

Você deve entender que nenhuma criatura pode abdicar de seu destino, embora que algumas façam isso. Eu preciso, minha querida, viver novas aventuras, conhecer outras meninas legais igual a você, para poder continuar a missão que o biso me confiou. O único problema é que no mundo desse *escritor*, seja lá ele quem ele seja, inventou, eu fui escrito para ser solitário, sem amigos, sem amores, e mesmo você que tanto amei, construímos uma história juntos etc., eu que tive de inventar. Não sei agora se tenho capacidade ou energia para novas personagens. Estaria eu, minha doce Andaluza, em crise criativa? Será que meu bisavô passa por esses perrengues?

Seu, ainda seu,

Neto

11

Júnior contou uma história, é tarde, recolhe-se. Neto segue aceso. Uma tensão na piroca o impede de dormir, tem acontecido com frequência, basta que pense em Andaluza ou lembre das conversas noturnas do avô com a avó, lá nas putarias deles. Sensação estranha, preferia não senti-la, vai perguntar a Josué se lhe ocorre o mesmo. Soa então o foneportável, Júnior, que sempre desliga pro filho dormir, desta vez esqueceu. É uma chamada de intrazap não identificada:

"Acordado, menino? Quero conversar."

O avô e todos os adultos vivem dizendo que não aceite novos contatos, mas ele fica intrigado com a foto de perfil, parece-lhe familiar. Uma menina indígena, da sua idade, com tranças e roupa de caipira. Intriga-lhe mais ainda o fato de escrever em português.

"Quem é você?"

"Sou eu. Não vê na foto?"

"Andaluza."

"Recebi tua carta. Melhorou bastante, hihihi."

Com o coração disparado, Neto desliga o foneportável, vai dormir e espera que tudo tenha sido um sonho. Teria acordado, pela manhã, crente nisso, não fosse a mensagem que dormiu à sua espera na mesma conversa iniciada de noite:

Ei, você está aí? Acho que dormiu, então vou escrever aqui mesmo, depois você lê e me responde. Olha, não entendo coisíssima nenhuma essa história de escolher entre eu e a literatura. Você não precisa escolher, não estou pensando nem um pouquinho em tolher ninguém. Se você sente necessidade de viver novas aventuras, pois então que viva, eu que não sei nem quero saber como vai fazer, pois que esta questão de o mundo ser desabitado e solitário é uma questão sua e do seu bisavô louco. Você se vire sozinho e crie vergonha na cara de não ficar falando desaforo. Se não tem energia para criar novos personagens, eu é que não tenho nada que ver com isso, estou é pouco ligando, porque uma mulher não tem essa necessidade infantil de sair vivendo *novas aventuras*. Com relação ao biso, uma boa pergunta você me faz. Sei lá, acho que pode ser o mesmo, só que não tenho nada do *escritor*, meu biso é o autor, acho. Você me dirá que são a mesma pessoa, eu já não sei de nada, só sei que eu sou uma pessoa, não uma personagem, e que tenho minha vontade independente de biso e do cacete. Acho o mesmo de você, tem a ver com o *escritor*, mas também tomou vida própria. Então, porra, assuma sua vida, e aceite que eu sou sua mulher, quem sabe a gente não temos um filho que vai ter vida própria também. Vocês homens desde pequenos precisam mesmo de uma mulher pra ditar as coisas, que saco.

12

Ventura ressona ao lado. Nos tempos do pré-águas Auta estaria com um abajur ligado e um livro sobre as mamas, lendo com seu único olho qualquer romance francês, a mão na vulva, o pensamento em Afonso. Nesta reedição do mundo, pós-Inundação, o abajur se faz desnecessário, o foneportável tem luz própria. Livros podem ser baixados e lidos nele, assim como jogos, agenda, câmera, aplicativos, cérebro; o aparelho não se destina exclusivo à leitura, senão que a quase tudo, um foneportável é uma síntese de vida. Pra essa bronha noturna, a zombar da inépcia do marido inconsciente, Auta tem hoje outros instrumentos mais eficazes que o romance flaubertiano. Há vídeos fantásticos e mais, a possibilidade de interação com outros solitários da noite, tão ávidos por atenção — não é só por sexo — quanto ela. Travestida de Andaluza virtual ela molesta o aluno, que ninguém jamais o saiba.

"Oi, bem. Acordado, é?"

É possível saber que Neto não dorme, a bolota verde sobre o ícone o denuncia.

"Sim. Qué quieres?"

"Mano, o biso falou pra gente não conversar em zumboli. Tu vai ter que escrever aquelas parada lá na língua morta, é bom tu treinar."

"Tá bom."

"Quer ver minha periquita?"

O sumiço imediato da bolota verde indica que Neto entrou

em pânico e fingiu-se morto. O coração da velha dispara, ela se diverte, chega a sentir uma débil descarga na amnésia do clitóris.

"Tá bom, tá bom, tô brincando. Volta aqui e fala comigo."

"Por que você tá fazendo isso agora? Para, ô."

"Ora, a gente crescemo. Vai dizer que tu não gosta?"

"Não sei."

A ingenuidade do recruta comove a velha generala. Ela segue, menina de onze anos, conversando com seu discípulo. Fala mal de si, dona Auta, a velha horrenda, a bruxa, chega a perdoar a aquiescência de Neto com os xingamentos, se ele concorda com sua feiura e rudeza ao mesmo tempo nela reconhece a mãe que não teve, ou outra avó desalmada, mas que ainda é outra avó, ou seja, melhor que só ter Dulce, que não é propriamente a ilha de conforto que se espera sejam as avós. Depois de conversarem coisas de criança, de forma que ele se acalme, no final da noite ela com cuidado vai despertando no interlocutor o interesse pras coisas da carne, pergunta se ele sente o pinto endurecer vez em quando, ele diz que sim, ela conta que também sente a xoxota melar, sugere que um dia encostem o pinto dele na xoxota dela etc. Neto concorda, não sabe como isto se vai dar, uma vez que foi ele quem criou a namorada imaginária e nem a havia projetado com uma xoxota em seu enredo infantil. De manhã, na classe, leitura de textos e composições, Neto trouxe uma carta de amor pra Andaluza, pueril, romântica. Doce, tão diferente daquele aproveitador do Afonso que um dia tomou à jovem Auta cabaço e alegria.

Pouco antes do final da aula quem vem buscar o aluno não é, dessa vez, o pai, nem o avô, nem a avó. O escritor está na soleira; Auta olha-o não com a veneração de uma personagem a seu criador, mas com insolência. Entrega Neto a seus cuidados a contragosto. O velho faz a preleção:

“Filho, a História é construída do que fica de história, o que foi de fato já foi, não importa. Lembre só de uma coisa, você que agora conhece: os zucas eram humanos, pecadores e santos feito eu, feito você, e todos. Conte a história justa, faça as pazes com nosso povo. Melhor, com o espírito de nosso povo, já que não há povo mais. Estamos mortos.”

“Não tamo morto nada. Eu tô aqui, Aguinaldo Neto, tu tá aí, o escritor.”

“Nós tamo num livro e eu num sou nada teu, nem sou porra de escritor nenhuma, sou personagem, e tu é um menino inventado.”

“Eu inventei uma mina e ela tem vida própria. Inventei um amigo e ele faz umas parada que eu não esperava. Velho, nós tamo é muito vivo.”

O escritor se espanta, o bisneto o ensina, tomou vida própria, faz dele um ancestral que continua a viver na carne de sua geração.

13

A amizade consolidou-se tanto pela admiração que o novato devotava à decana quanto pelo amor dela àquele menino da inteligência pontiaguda. Ensinou-lhe o português de Camões, Machado, ensinou Rosa, Lima Barreto, Graciliano e os rudimentos da literatura do país antigo. Por fim, aprendendo junto, que lecionar é aprender junto, tratou de ensinar-lhe a língua que se esboçava no momento da Inundação, e que foi submergida com o projeto de nação.

"Hoje vamos a declinar el verbo *tar/tá*. Ambas las formas são possibles, el português americano de los últimos tiempos aboliu la letra *erre* de los infinitivos. Es assim:

Eu tô

Tu tá

Ele tá

Nós tamo

Eles tão/tá

Ou seja, tanto se puede dizer, em la tercera del plural, *tá* como *tão*. *Eles tá indo ali*, ou *eles tão indo ali*, ambas las formas são corretas."

"No hay um pronombre *vos*?"

"No, no lo hay. Los zucas se tuteavam indistintamente. Quando queriam demonstrar respeito diziam *o senhor*, a la vez de *tu* ou *você*."

"Qué extraño. Que diferencia havia entre *tu* y *você*?"

A velha explica que *você* era uma palavra que derivou de

vossa mercê. Depois, os povos escravizados pelos portugueses, com sua peculiar dicção, começaram a dizer *vassuncê*, *vosmecê* etc., chegando ao *você*. Este que devia ser o tratamento respeitoso se converteu no informal.

"Y lo *tu*? Se tornou lo respeituoso?"

Ela torna a explicar que não propriamente. Se alguém usasse o *tu* em declinação simples, isto era bem informal: *tu vai, tu foi, tu sabe*. Mas usando a declinação original do português europeu, *tu vais*, *foste*, *sabes*, aí ficava respeitoso.

"Por ejemplo, tienes uma namorada y le dizes: *Andaluza, és a mulher da minha vida* — isto es respeituoso. Se perguntas a ela, *Andaluza, tu quer ir na praia comigo?* — isto es informal. Compreendes?"

Na próxima semana o aluno deve apresentar a tradução de um texto escrito em zumboli.

"Mas, Mestra, donde voy obter um texto em zumboli? No hay livros em Bolivana-Zumbi, solo los escritos em la língua antigua."

"Yo sei muy bien que tu abuela escreve um livro de receitas. Pega-lo y traduz um texto de ali."

"Mi abuela no es escritora, deve ser péssimo lo que escreve."

"Conserta, entonces. Aproveitas para um ejercício de edicion."

A professora explica que a língua que se criou, o zumboli, demoraria a produzir literatura. Era falada pelos emergentes que começaram a viajar pela América Latina durante qualquer onda de prosperidade que antecedeu a hecatombe das águas, balbuciavam uma precária mistura de espanhol com português. Foi a língua degenerada dessa classe média que acabou por ser adotada na sociedade que sobreviveu à Inundação. Havia que se esquecer o país antigo, um insucesso de quinhentos anos e, para tanto, matar a língua era imperioso. Os chineses não querem o português zuca, temem que nos consolidemos nação e nos arroguemos potência.

"Entonces, Mestra, porque nos quedamos aqui nosotros, tu a ensinares y yo a aprender uma língua submersa? No seria mejor quedar em olvido, junto ao país que se afundou?"

"Es la mission, filhito."

14

Neto apresenta à mestra o trabalho do final de semana. Surrupiou anotações do livro de receitas da avó, traduziu e editou a partir dos ingredientes.

MATRIOSHKA DE CARNE

Ingredientes:
Um boi Simenthal;
Um porco adulto castrado;
Um carneiro;
Uma capivara;
Um cabrito;
Uma paca;
Um coelho;
Um preá;
Uma linguiça calabresa defumada;
Temperos.

Modo de preparar:
Mate e esfole o boi; mate e pele o porco; mate e esfole o carneiro; mate e pele a capivara; mate e esfole o cabrito; mate e pele a paca; mate e esfole o coelho; mate e pele o preá; esfole a linguiça calabresa.

Até aqui havia uma tradução simples. Os procedimentos

abaixo são acréscimos do jovem editor, para tornar literário o texto da avó.

Como matar:

O boi: levar num brete; prear as patas traseiras e botar a corda numa roldana fixa no alto do brete; golpear com marreta o plexo do boi entre as sobrancelhas; quando o boi bambear as pernas e cair, erguer puxando a corda na roldana pra que fique pendurado de ponta-cabeça, pelas patas de trás; cortar a jugular do boi, esgotar o sangue; cortar o bucho e tirar todo o fato; esfolar o boi, do couro fazer um tapete; o fato, a cabeça, os mocotós, dar pros chacais, ou pode ser pros noias; o corpo, dentro dele esfregar sal grosso e alho.

O porco: encurralar no chiqueiro; meter-lhe a marreta na cabeça, de forma que ele caia estrebuchando; virar com o lado esquerdo pra cima, procurar o coração e socar um punhal até varar; juntar o sangue numa caneca; abrir o bucho e tirar o fato; pelar o porco com água quente ou maçarico; depois de pelar sapecar no fogo de sorte a eliminar todos os pelos; o fato, o sangue coagulado, os mocotós, o rabo e a cabeça, dar pros chacais, ou pros urubus; também pode dar pros noias; reservar o corpo, dentro dele esfregar sal fino, vinho tinto e sálvia; pode ser erva-doce, mas pouca.

O carneiro: levar no brete, não precisa amarrar; quando apontar a marreta ele vai ajoelhar e chorar uma lágrima sentida, balindo; não ter pena, senão ele sofre e não morre, meter a marreta na cabeça com fé, cabeça de carneiro usa ser muito dura; de ajoelhado que estava ele vai cair, aí é cortar a jugular; esfolar, o pelego curtir em sal, é bom pra montar cavalo depois; o fato, a cabeça e os pés dar pros cães, ou pros noias; untar o carneiro por dentro com manteiga, sal fino e hortelã.

A capivara: pra buscar a capivara vai precisar de mais dois além da pessoa que está preparando; ir no criadouro de peixe com três barcos, um em cada, cercar uma capivara que esteja por lá nadando; ela vai mergulhar, mas olhando pra cima e vendo o círculo de barcos nunca que vai sair desses limites; então uma hora ela vai perder o fôlego. Ter paciência, é um mamífero e vai querer respirar; quando subir meter o remo com fé na cabeça, ela vai gritar e mergulhar de novo, mas não vai sair do círculo, é um mamífero, e mamíferos têm medo; esta operação vai se repetir tantas vezes quantas seja preciso pra capivara começar a boiar tonta, aí é matar a pauladas; cortar cabeça, os pés, e tirar o fato; dar tudo pros peixes, ou pros noias; em terra firme fazer uma coivara e sapecar o couro; por dentro passar azeite, sal e manjerona.

O cabrito: no pé da cabra, no chiqueiro, ele vai sair saltitando de alegria, pegar no colo pra brincar, é um bebê; pendurar pelas patas traseiras numa árvore e sangrar a jugular; vai morrer desfalecendo; esfolar, fazer do couro um tapetinho de banheiro; o fato, os pés e a cabeça dar pros bichos mais vis, ou pros noias; untar o corpo do cabrito com vinho branco, sal e pimenta do reino.

A paca: ir na ceva que está numa clareira no mato, cheia de milho, as pacas estão lá comendo à noite; pegar aquela que caiu na arapuca; matar com uma paulada; arrancar o fato, jogar no mato pras cobras comerem, ou dar pros noias, pelar a paca na água quente, depois sapecar; temperar por dentro com sal rosa do Himalaia e ervas finas.

O coelho: catar um coelho gordo no viveiro e matar furando o olho dele com um punhal bem pontiagudo; vai ser um grito só, sem sofrimento; com uma bomba de bicicleta na mão enfiar o caninho de ar num orifício que se vai fazer de canivete na perna do coelho e inflar até a pele virar um balão de gás; tirar a pele, guardar pra fazer forro de luvas; o fato, a cabeça e os pés, não, os pés não, que podem dar sorte, jogar os pés fora, e o restolho dar pros noias matarem sua fome secular e sem sorte; lavar o interior do coelho com óleo de milho, sal marinho e páprica.

O preá: este último vai ter caído na arapuca junto com a paca, não soltar, matar também, é fácil, basta um peteleco; nem a cabeça precisa tirar, nem as patinhas, é mimoso este porquinho-da-índia selvagem; arrancar o fato e jogar fora, pros vermes, que nem os noias comem uma besteira dessa; sapecar o preazinho no fogo, temperar com margarina, sal e coentro.

A linguiça calabresa, por fim: não precisa matar, ela é já produto de muitas mortes nas pocilgas, traz o sofrimento do mundo animal encapsulado em tripa; fazer uma incisão e sacar o invólucro, deixar a linguiça nua.

Costurar a barriguinha do preá e enfiar a linguiça no cu dele; colocar o preá na barriga do coelho e costurar; o coelho, na barriga do cabrito; o cabrito, no útero da capivara; a capivara, no bucho do carneiro; o carneiro, no ventre do porco; e o porco, este enfiar dentro do boi, que por fim se costura também; dar um jeito de enrolar o boi todo em papel celofane e levar ao fogo baixo de um braseiro de lenha seca por três dias; quando sentir que cozinhou por dentro até a alma do preá, até a linguiça entalada no cu dele, arrancar o celofane e deixar o boi dourar, aspergindo sempre um molho com ramo de louros por cima.

Fim.

"La traducion me parece perfeita, filhito. Diez com louvor. Dejame ver los originales."

Examinando o original em zumboli Auta chega à conclusão de que a versão se apresentou literária. O texto era um amontoado de procedimentos culinários prosaicos, o menino agregou componentes por sua conta.

"Puedemos falar de la interpretacion del texto?"

15

Reunião de pais e mestres no Externato. O único aluno, Neto, motivo da reunião, presencia o que os pais, representados ali na figura de Júnior; e os mestres, ali personificados em dona Auta, discutem. O grupo se faz acrescer de Aguinaldo e Dulce, meio pais, meio mestres, além de, agora, supremos dirigentes do mundo.

"El chico está formado. Já es proficiente em português zuca y puede escrever la História. Mi mission es finda."

Dona Auta abre os trabalhos. Os avós, mãos dadas, hipocritamente homologam aquela formatura triste, olhando-se com um sorriso de aprovação, como se fossem um casal feliz, governadores de um mundo justo. Júnior sente um mal-estar. Neto intervém:

"Padre, abuelo, abuela, mestra: no hay sentido em estudiar para ser um inimigo de la pátria. Bolivana-Zumbi me odeia, la Grande Pátria toda me odeia."

"Não, filhinho, o escritor tem uma missão. Denunciar à própria Nação o momento em que ela sai do eixo. Você é a voz, você é o elemento que chama à ordem quando o caos se instala."

"Yo quiero que Eclésia exploda, y China, y tudo. Solo me gustam los noias. Eclésia va me perseguir, los Strange-Fruiters, esses milicianõs del carajo, essa ditadura maldita. No quiero esta sina. Renuncio."

"Pode ser que persigam mesmo. Mas a sociedade não

sobrevive sem o escriba. Como o operário, o padre, o comerciante, o ladrão, ele é necessário."

"Mestra, yo no quiero ser um pária. Usted está tentando me formar um pária, dando um conhecimento maldito. Me incluya fora de isto."

"É justo e necessário que seja assim, filhinho. Aquele que se nega a ser escravo diz pra sociedade o quanto ela é injusta."

"Y por qué yo soy el único escriba?"

"Imagina que seria se começasse uma proliferacion de gente escrevendo. Usted es lo único porque nosotros todos estamos muertos. Afundamos com la antiga língua. E, de más a más, la maioria de las pessoas deve es ler. Não escrever."

"Quien lê quiere escrever, Mestra. Todo que tiene leitura tiene direito a la voz. Es preciso mantener la Língua, se fazer viva la Língua, no la deixar submergir. Es la única forma de resistência."

Aguinaldo, até então quieto, pede ao neto que lhe escreva a biografia, a dele, que veio do mundo antigo pra este inferno de língua submersa.

"Filhito, mi vida dá um livro."

Neto o olha com piedade, uma piedade diferente daquela com que Dulce também mira o marido, e Júnior o pai. O menino aceita sua missão de pequena divindade, um criador que por misericórdia vai dar vida a este joguete que é o Homem nas mãos do mundo, da Natureza, dos séculos, dos deuses.

"No, abuelo. Está muerto, como tudo. Sucumbido em la ilusão del poder concedido a um patriarcado estúpido, por uma naturaleza impiedosa. Mas voy escrever. Tu vida no dá um livro, mas mi livro te va a dar uma vida. Abuelito, voy escrever tu história. Ainda que muerto, la voy escrever como um registro de que estiveste aqui, de que segues vivo por la poesia que hay em cada hombre, por más sencillo, más simples, insignificante.

E em português, pra que a Língua siga viva. Não será só o livro da tua vida, vovô, nem só a vida de um homem-adulto-pai--de-família interessa à sociedade ou à literatura, elas são muito mais. Será um livro grandioso, todos que escrevemos achamos nosso livro grandioso, falará de vários pontos de vista, como evangelhos, do pai, da mãe, do filho, das figuras da comunidade. Meu livro vai se chamar, em bom português zuca, *A língua submersa*. A história do país afundado de nome impronunciável, um erro histórico, para alguns, mas uma possibilidade para muitos que um dia tentaram fazer dessa colônia exploratória uma nação. Vou escrever para fazer rir daquilo por que se devia chorar, vô, o senhor vai se orgulhar de mim, de nós. Porque, apesar de tudo, a existência é um horror engraçado."

ESTA OBRA FOI COMPOSTA PELA ABREU'S SYSTEM EM ADOBE GARAMOND
E IMPRESSA EM OFSETE PELA LIS GRÁFICA SOBRE PAPEL PÓLEN SOFT
DA SUZANO S.A. PARA A EDITORA SCHWARCZ EM MAIO DE 2023

A marca FSC® é a garantia de que a madeira utilizada na fabricação do papel deste livro provém de florestas que foram gerenciadas de maneira ambientalmente correta, socialmente justa e economicamente viável, além de outras fontes de origem controlada.